魅力教育是一首诗

曾军良 著

时代文艺出版社
SHIDAI WENYI CHUBANSHE

图书在版编目（CIP）数据

魅力教育是一首诗 / 曾军良著. -- 长春：时代文艺出版社, 2024.7. -- ISBN 978-7-5387-7526-6

Ⅰ.I227

中国国家版本馆CIP数据核字第20244XC657号

魅力教育是一首诗
MEILI JIAOYU SHI YI SHOU SHI

曾军良　著

出 品 人：吴　刚
责任编辑：孟宇婷
助理编辑：赵兵欣
装帧设计：墨君笙传媒
排版制作：杨杨

出版发行：时代文艺出版社
地　　址：长春市福祉大路5788号　龙腾国际大厦A座15层（130118）
电　　话：0431-81629751（总编办）　0431-81629758（发行部）
官方微博：weibo.com/tlapress
开　　本：787mm×1092mm　1/32
印　　张：9.875
字　　数：108千字
印　　刷：廊坊市印艺阁数字科技有限公司
版　　次：2024年7月第1版
印　　次：2024年7月第1次印刷
书　　号：ISBN 978-7-5387-7526-6
定　　价：68.00元

图书如有印装错误　请寄回印厂调换　（电话：0316-5556112）

自序

魅力教育是一首诗,是一首激情澎湃的诗;教育是一首歌,是一首常唱常新的歌;教育是一幅画,是一幅七彩斑斓的画;教育更是一种情怀,是一种让人感觉无比温馨与美好的情怀。

历经三十八个教育之春,使我深深懂得,每个精彩人生,都有属于自己的答案。生活中有多少感慨,生命中就有多少律动。每当想到有幸成为一名教育者,一直辛勤开垦魅力教育的天地,肩上便多了一份沉甸甸的责任,内心就荡漾起阵阵幸福的涟漪,这样一不小心就把教育的日子过成了诗，把自己也变成了"诗人"。

《魅力教育是一首诗》是我写的第一本有关魅力教育的诗集，共有81首诗，以散文诗或哲理诗的方式，深切表达了我对教育的理解和热爱，抒发了从事魅力教育的心路历程和实践感悟，这不仅是对教育工作者的一种启示，更是一种忠于党和人民教育事业的诗意呈现。

在我的眼中，教育如同一首诗，魅力教育是一种美好的教育理念，它不但能够塑造人的品格，还能够启迪人的智慧，更能激发人的创造力。我在诗中渗透了魅力教育的理念，强调教育的本质是以人为本，是因材施教，而不是简单地灌输知识，不是追求短期的成绩；教育是一门细致的艺术，需要教育者的不断探索，需要更好地引导学生，在未来的成长中实现自己的理想和价值；教育的目的应是培养学生的能力和素质，教师应注重多元化教育，让学生发现自我，激发潜能，实现自我提升，为学生的幸福成长和终身发展奠基。因此，我们必须持续深化基础教育综合改革，推动教育实现高质量发展。

《魅力教育是一首诗》是一本非常值得阅读的书籍，它带领读者进行"思接千载，视通万里"的精神漫游。它不仅展现了魅力教育的先进理念和独特的教育魅力，还为教育工作者提供了一种新的教育方式与创新思路，更是激励各位教育同仁勇于追求有诗意的教育人生。

三十八年过去，弹指一挥间。我追寻着诗意的教育生活，创新推进魅力教育、魅力课程、魅力教学、魅力教师、魅力学生、魅力品牌迁移，走着一条充满艰辛、创新与智慧的探索之路，不断进入新的更高境界。"学、思、行、著"是我不断前行的有效途径，永远激励我不断用心谱写魅力教育的诗篇，去追寻更有诗意的魅力人生，也将永远激励我们共同书写更为壮丽的中国教育的诗篇。《魅力教育是一首诗》这本书，正是我从生命旅程中汲取的清泉，它见证了我真诚、执着、创新地推进魅力教育的努力。

新时代教育事业的飞速发展，要求我用更加绚丽的诗篇，向教师们传达这样的信息：在青春的年纪里，一定要用激情、热爱、智慧和创新，在文明的长河里乘风破浪，磨炼自己，培育祖国的未来。希望通过《魅力教育是一首诗》这本书，让爱心在教育诗篇里飞扬；让睿智在教育诗篇里荡漾；让优美在教育诗篇里流淌；让创新在教育诗篇里翱翔，让你感受到真理的闪光，智慧的芬芳，诗韵的神奇，人生的真谛。

木香花开，诗意绽放。让我们创新书写诗情画意的教育人生，不断地用智慧的心弦，弹奏出魅力教育的凯歌，唱响中国教育改革的时代强音，全面推进魅力教育卓越品牌建设新征程，深入探寻中国基础教育现代化规律，为中国当代基础教育发展树立生动范例，为推动其整体进步作出积极贡献，让魅力教育之火点燃基础教育改革之灯，引领中国基础教育不断前行。

  魅力教育是一首诗，教育是一首美丽动人的诗。教育是一首韵在骨子里的诗，是师生共同勾勒的画卷。魅力教育是一首诗，让我们在坚守中去激情创造，在这如沐春风的校园里，有那永恒灿烂的微笑。古诗有云："欲穷千里目，更上一层楼"，让我们的心灵沐浴在魅力教育思想的光辉中，自由地舞蹈，做有思想的魅力教师，乐享有诗意的教育生活！

曾军良

2023 年 5 月于北京

目录
CONTENTS

一 · 生活篇

- 002　生活
- 006　微笑
- 011　交往
- 015　心态
- 019　淡定
- 022　笑对人生
- 026　自律
- 029　命运
- 032　善
- 036　交友贵在人品

039　让日子越过越好

043　一年又一年

047　生活不负有心人

050　做一个温暖的人

二·成长篇

056　与优秀者共成长

059　在思考中成长

064　在历练中成长

067　在"输"中坚毅成长

073　有错能自省

078　塑造自我

082　阅读让精神世界更辽阔

085　自强路更宽

089　超越自我破极限

093　人生

三 · 哲思篇

- 098　倾诉与倾听
- 101　平凡与非凡
- 104　梦想与坚守
- 107　敬业与乐业
- 111　"小我"与"大我"
- 114　格局与结局
- 118　生命与使命
- 122　过去、现在与未来
- 126　换位思考
- 130　思维决定人生
- 133　清明之思
- 137　谷雨诗吟

四 · 信仰篇

- 142　喜迎二十大
- 145　颂党恩
- 147　人生需要正确的信仰
- 151　与时代共舞
- 154　正能量
- 157　厚道是人生的基石
- 160　精神上的富足
- 164　人品六为
- 167　为人六乐
- 171　修养身心
- 175　点醒人生
- 180　希望
- 184　与正能量者共舞

五 · 奋斗篇

190 工作是人生宝贵的成长之旅

195 成功需要战胜你自己

198 这就是人生奋斗的理由

202 珍惜当下

206 做事六利

209 成人的含义是奋斗

219 青春的密码：多彩、奋斗与希望

217 致敬最美劳动者

222 走好自己人生路

227 向阳生

230 登高望远

233 激情永远

236 不负此生

六 · 教育篇

242　六一畅想

247　七七事变感怀

252　癸卯中秋夜吟

254　国庆抒怀

256　教育人的清醒、坦诚、聪明、智慧

258　教师的感言

260　因为有你

263　心中有一片海

267　致教师节

270　孩子啊,你别怕!

274　师魂颂

276　心有阳光育栋梁

279　师爱

284　让教育生动有趣

288　培根铸魂育新人

291　童年

296　教育是幸福的事业

299　魅力教育向未来

301　教育是一首诗

一 生活篇

生活,是一本书,
蕴含深刻哲理;
生活,是一首歌,
旋律跌宕起伏。

生活

生活,
有韶华绽放的美丽;
有清世繁杂的醒悟;
有岁月流年的印记;
有怡然自得的清闲。

生活,
是一条前行路;
积极打败消极,
快乐打败忧郁;
勤奋打败懒惰,
坚毅打败脆弱。

好好壮大自己,
好好善待他人;

坐观风起云涌,
滋养精神内涵;
充实丰盈生活,
创造生命精彩。

生活,
教你做人做事。
谦逊低调做人,
你会踏实稳健;
阔步高调做事,
你会超越自我。

生活,
是一本书,
蕴含深刻哲理;
生活,
是一首歌,
旋律跌宕起伏;
生活,
像一片海,
激起波澜浪花;
生活,

像一只鹰,
展翅翱翔天际。

生活,
主动学会选择,
理性对待得失;
倾尽全力拼搏,
砥砺助推成长;
人有悲欢离合,
月有阴晴圆缺;
人生纵有万难,
吾辈勇当自强。

烦时勿忘微笑,
急时注意语气;
苦时不忘坚持,
累时更爱自己;
成功不忘过去,
失败还有未来;
挫折磨炼意志,
勇敢创造生活。

花谢还有重开日，
人生没有再少年；
读书不觉已春深，
一寸光阴一寸金；
若是年华虚度过，
到老空留悔恨心。
让一瞬成为永恒，
让一点化作繁星；
让生命靓丽多彩，
让生活淡定从容；
没有天生的强者，
只有奋斗的英雄。

微笑

微笑,
一种言语之外的美好,
它发生在瞬间,
却在记忆中永存;
微笑,
一种相处的朴实情感,
却让人感到幸福。

微笑,
是一种自信,
支撑着我们的坚强,
鼓舞着我们战胜困难;
微笑,
是一种希望,

给我们无限的畅想，
助力我们激情成长。

微笑，
当我们给予别人的时候，
传递给人们的，
是一种平凡却让人感动。
很多时候，
不需要太多的言语，
不需要华丽的修饰，
只是一个浅浅的微笑，
或许就是一个奇妙。

微笑，
是给予朋友的回报，
给疲惫者带来慰藉，
给灰心者带来希望，
给悲观者带来光明，
给烦恼者带来良药。

真诚的微笑，
对一个人来说，

是自信、教养、热情，
是善待他人的人生态度，
是给心灵投下一束束阳光，
感受你的诚实可信，
乐于与你热情交往。

微笑，
是教师的名片，
是教育的风景线。
育人是一个塑造灵魂，
滋养生命的美好事业。
美好的事业，
需要人心向上，
人人向善，
人人奉献。
从星空到心灵，
都感受到满满的爱，
细腻的爱，
和煦的爱，
伟大的爱！

笑一笑吧,
用心地笑,
你会发现,
生活是那么的愉悦,
做教育是那样的美好。
爱是教育的基点,
爱是教育的出发点,
爱也是教育的归宿。

教师对学生没有爱,
就如同歌唱家没有了嗓音,
录音师没有了听觉,
万物生长没有了阳光与空气一样。
教师对教育的爱,
对学生的爱,
是一种职业使然,
是一种人性的本能。
爱学生,
是一种由内而外的自然表露,
是一种灵魂深处的
虔诚之爱,

温暖之爱,
永恒之爱。

微笑,
是教师爱学生的外在表达,
是给学生以亲近,
给学生以信任,
给学生以力量。
微笑伴随每日的生活,
教育也会变得和煦灿烂。

交往

人际交往,
观念不同,
不要同路;
选择不同,
不相为谋;
追求不同,
不求共鸣。

路,
走不到一起,
话,
谈不到一块儿,
心灵,
隔着距离,

无法交往；
品味，
差之毫厘，
无法苟同。

一生不长，
时光宝贵；
慧眼识人，
择善而交；
共性相吸，
选对圈子。

交往，
要和人品好的人，
信守承诺，
倾情相伴；
择友，
要和德行高的人，
共赴山海，
雅韵同扬。

活得足够认真,
生活去伪存真;
朋友不必太多,
贵在相互知心。
不去留恋,
不堪一击的友谊;
不必在乎,走不进内心的人。

聪明是天赋,
善良是选择。
与聪明人在一起,
不会愚昧;
和善良人在一起,
得益一生。

善良是一种美德,
与善良人同行,
真心相待,
相互扶持,
踏实安心。

爱人者，
人恒爱之；
敬人者，
人恒敬之；
精诚所至，
金石为开。

为人处世，
坦荡诚实；
待人接物，
勤恳随和。
秉持自我，
实事求是；
本我前行，
以诚相待；
和益友交往，
与幸福同行。

心态

心态好,
态度就好,
因为懂得包容;

心态好,
做事顺利,
因为不拘小节;

心态好,
生活快乐,
因为懂得放下。

心态好,
玉露甘泉,
因为风雨洗礼;

心态好,
鲜花绽放,
因为心境晴朗;

心态好,
激发潜能,
因为充满期待。

心态好,
惬意自在,
因为精神舒畅;

心态好,
岁月无恙,
因为坚持付出。

心态好,
事事圆满,
因为乐于挑战;

心态好，
诗情画意，
因为温暖陪伴；

心态好，
永远美丽，
因为相由心生。

心态好，
低调沉稳，
因为懂得克制。

心态好，
笑对人生，
因为豁达开朗。

生活并不完美，
可我依然快乐；
做人淡泊名利，
不为物欲所惑；
心田洒满阳光，
便有秋天收获。

人生不易，
好好生活；
纵然有苦，
也有回味；
纵有艰辛，
也有平坦；
境随心转，
胸宽似海。

好心态，
胜良药，
最好的医生是自己，
最好的药物是心态。

好心态，
是生命最有效的保养剂。
拥有好心态，
才有健康快乐的人生！

淡定

菊花是淡定的,
黄花晚节,
傲立枝头。

兰花是淡定的,
深山幽谷,
静吐暗香。

荷花是淡定的,
淤泥之中,
亭亭玉立。

梅花是淡定的,
冰雪之中,
芬芳吐蕊。

心无物欲，
即是秋空霁海；
坐有琴书，
便成石室丹丘。

山高月小，
水落石出。
清风徐来，
水波不兴。

花有新开，
物是人非；
淡定如水，
宠辱不惊。

云卷云舒，
花落成诗；
简朴生活，
淡定从容。

人生如茶,
岁月如歌;
沉时坦然,
浮时淡然。

面对现实,
从容达观;
轻松自在,
知足常乐。

淡定是一种品格,
淡定是一种境界,
淡定是一种优雅,
淡定更是一种智慧。

笑对人生

每一天的存在,
都是一个奇迹;
每一天的重复,
都是一份收获;
每一分的平淡,
都是一种踏实。
昨日结下善缘,
成就今日喜悦;
昔日种下善因,
促成如今故事。

笑是最美旋律,
笑是灵丹妙药。
它虽没有颜色,
却让生活斑斓;

它虽没有气味，
却能芳香四溢；
它虽没有形状，
却能温润心灵。

人生道路坎坷，
笑看日出日落。
历经风霜雨雪，
微笑跨过羁绊。
任凭命运多舛，
阅尽繁华沧桑。
得意看淡一些，
失意看开一些。
笑对人生逆境，
一路勇毅高歌。

往事常萦梦里，
修文演武并济。
少年壮志犹在，
切莫等闲蹉跎。
赏读名人佳作，
耳目不失畅快。

分享传播品阅,
诗友真情陪伴。
笑对人生顺境,
切莫得意忘形。

和煦微风拂面,
梅柳春意盎然。
珍惜美好情谊,
激情抒写人生。
立于闹市不躁,
心静如水自雅。
心无旁骛办学,
协力同心育才。
笑对人生平淡,
感恩岁月美好。

人生在世不易,
烦事莫上心头。
人生如梦如烟,
转眼时逢花甲。
处事谦虚谨慎,

做人广结善缘。
花儿朵朵怒放,
满园硕果盈枝。
怀抱远大理想,
笑赢人生未来。

自律

自律要经得起诱惑,
自律要能控制行为;
自律要能敛住情绪,
自律要能专注坚定;
自律是内心的觉醒,
自律需要战胜自己。

平淡生活需要自律,
超凡脱俗更需自律;
自律不是假意造作,
自律不是随意改造;
自律是意志的体现,
自律是品德的彰显。

草生峰顶不显伟岸，
松长谷底不失高洁；
树贵自直人贵自律，
身有正气必然自威；
正己而后可以正物，
自制而后可以治人。

贪婪在自律中消亡，
欲望在自律中抑制；
力量在自律中强大，
善念在自律中流淌；
自强在自律中坚守，
自知在自律中升华。

自律是兴趣是境界，
自律是选择是执着。
自律是追求是远见，
自律是信仰是卓越。

大德者，
必然在自律中释怀；
大智者，
必然在自律中成就。
自律是你最强底牌！

命运

天有不测风云,
人有旦夕祸福。
有先贫而后富,
有老壮而少衰。
命运由我不由天,
越努力越幸运!

命运,
像一把利刃,
选择逃避,
便会让你头破血流,

面对命运,
退缩无路可走,

只有竭尽全力，
才有光明前途。

时运不济，
只宜安分守己；
心若不欺，
必然扬眉吐气。
埋怨命运，
懦夫行为；
勇敢挑战，
自强不息。

尘劳迥脱事非常，
紧把绳头系一场；
不经一番寒彻骨，
怎得梅花扑鼻香；
千淘万漉虽辛苦，
吹尽狂沙始到金。

居富贵，
不能尽情享用；

处贫贱,
不要自暴自弃。

路在脚下,
永不放弃;
坚持信念,
果毅前行;
相信未来,
矢志不渝。

请记住:
命,是失败者的借口;
运,是成功者的谦辞。

善

善待人者，
人亦善之。
善不可失，
恶不可长。
积善必昌，
积恶必殃。

眼睛里，
要有善良的世界，
心灵里，
要有善待的恩人。

生活就是全面历练，
给点鼓励成长也好，

给个巴掌骂声也罢,

沉得住气,

弯得下腰,

抬得起头。

沉淀理智,

彰显睿智;

低调谦卑,

海纳百川;

逆境顺境,

乐观进取。

起初,

揣着糊涂装明白;

后来,

揣着明白装糊涂,

谁愿意活得不明不白。

好多事情,

一用力,

就会拆穿,

一拆穿,

就会失去。

这世上,
有一种善良,
不动声色,
却暖人心脾。
体贴人,
有尺度,
有方圆;
能共情,
懂尊重,
守规则。

己所不欲,
勿施于人。
不制造难堪,
不窥探隐私,
不揭露人短,
不强人所难,
以洞察力,
玲珑心,
温润周围的世界。

善待,

生你养你的父母;

善待,

同甘共苦的爱人;

善待,

给予机会的领导;

善待,

志同道合的战友;

善待,

雪中送炭的朋友。

以情传情,

以爱育爱,

以善待人,

让美传颂。

交友贵在人品

初相见时看容貌，
英俊花容有好感。
与人交往重言语，
和颜悦色心舒畅。
深入交往重人品，
厚德载物倍敬重。

为人本分人品好，
厚道低调做人佳。
风光从来不炫耀，
成功谦卑又平和。
心怀慈悲乐助人，
淳朴真诚可深交。

说话算数信誉好,
言而有信守承诺。
答应别人必做到,
别让誓言成空谈。
抱诚守真行致远,
掏心相处心亦安。

记人恩情品德好,
知恩图报暖人心。
铭记别人相助情,
滴水之恩涌泉报。
一份感恩伴终身,
与君结友是福报。

交友交心交善良,
赤胆忠心浩气长。
古有桃园三结义,
同舟共济美名扬。
交友贵在重人品,
故旧同程赏景芳。

君子之交淡如水，
亦师亦友心交融。
愿君修得好人品，
寻得知己谋发展。
与君有缘来相会，
兄弟携手谱新篇。

让日子越过越好

善良是苍翠青松,
让人间春意盎然。
善良是冬日暖阳,
激发奋进的力量。
善良是动听歌喉,
唱响美妙的旋律。
长在心底的善良,
感受生活的美好。

我微笑迎接生活,
就像欢乐的小河。
微笑是美丽花朵,
让人间芳香四溢。

微笑是一种希望，
给我们无限畅想。
挂在嘴角的微笑，
享受生活的美好。

少年易学老难成，
一寸光阴不可轻。
目光亲吻书本藏，
耳朵倾听故事香。
不畏浮云遮望眼，
自缘身在最高层。
存在脑里的知识，
滋养生活的美好。

灵魂是不灭信念，
自信是不灭光明。
灵魂带我们飞翔，
自信写我们传奇。
莫愁前路无知己，
天下谁人不识君。

扬在脸上的自信,
憧憬生活的美好。

遭遇困难压不垮,
狂风巨浪顶得住。
粉身碎骨浑不怕,
要留清白在人间。
长风破浪会有时,
直挂云帆济沧海。
融进血里的骨气,
孕育生活的美好。

夕阳西下的坚强,
迎接黎明的曙光。
人生未觉桑榆晚,
强身健体激情多。
鲲鹏展翅九万里,
长空无涯任搏击。
刻进骨髓的坚强。
创造生活的美好。

展开翱翔的翅膀,
守护心中的梦想。
做有追梦的诗者,
探寻山水的幽雅。
积蓄能量尽绽放,
激情拼搏创人生。
怀抱梦想去生活,
让日子越过越好。

一年又一年

凡心所向,
素履以往,
生如逆旅,
一苇以航。

勤勤恳恳,
一年又一年,
为了教育,
奉献高尚师爱;
忙忙碌碌,
一年又一年,
追寻理想,
勇于创新突破。

停停走走，

一年又一年，

立足实践，

潜心立德树人；

来来往往，

一年又一年，

学术研究，

探寻普适规律。

酸酸甜甜，

一年又一年，

勇往直前，

历练奋斗意志；

平平淡淡，

一年又一年，

欣赏关爱，

激发团队精神。

上上下下，

一年又一年，

凌云壮志，

昂扬奋进力量；
里里外外，
一年又一年，
提升素养，
打好生命底色。

风风火火，
一年又一年，
惜时如金，
凸显生命价值；
兢兢业业，
一年又一年，
魅力教育，
结出累累硕果。

踏踏实实，
一年又一年，
五育并举，
促进孩子成长；
热热闹闹，
一年又一年，

共庆新年,
憧憬美好理想。

轰轰烈烈,
一年又一年,
拼搏奉献,
共创卓越品牌;
浩浩荡荡,
一年又一年,
强国梦想,
澎湃中华力量。

生活不负有心人

世间许多美好，
不能触手可及。
需要不断积累，
用心酝酿打磨。
生命需要激情，
坚持遇见美好。

道路有弯有直，
生活有苦有甜。
努力浇灌花朵，
付出总有收获。
快乐来自奋斗，
幸福源于感恩。

生活日复一日,
创造改变模样。
日子单调重复,
也能生机盎然。
挫折踩在脚下,
前路风光旖旎。

生活没有白流的汗,
人生没有白走的路。
坚定选择、矢志不渝,
拥抱理想、持续发力,
努力奋进、不断超越,
突破自我、迈向卓越。

收获需要机会,
机会需要给予。
用心思考探索,
终将绽放魅力。
不断壮大自我,
实现生命价值。

怀揣儿时梦想，
兑现青春承诺。
人生无法重来，
珍惜善待当下。
坚定理想信念，
勇攀事业高峰。

用心对待生活，
善待朋友家人。
提升专业本领，
丰厚精神内涵。
追求完美极致，
不负人民期待。

以平常的心活着，
以诚恳的心待人。
怀揣希望去努力，
心怀善念去合作。
收获不吝耕耘人，
生活不负有心人。

做一个温暖的人

温暖,
是夏日清风,
是冬日暖阳,
是滴滴甘泉,
是指路明灯。

温暖,
是祖国母亲的爱,
穿透心灵,
润泽万物,
感受美好。

温暖的人,
有善良的心灵,
有纯净的灵魂。

温暖的人,
明丽而不炫耀,
和顺而又果毅。
温暖的人,
有高尚的人格,
让人如沐春风。

人与人之间传递的温暖,
是生命能量的互送,
可以抵御世态炎凉。
像温暖的阳光照在心头,
让冬季不再寒冷,
让内心暖意融融。

生命旅程,
无法事事如愿。
历经沧海桑田,
依然眼中有爱,
依然心里有暖,
依然言行有善。
何惧人生荒凉,
活成一束光,

点亮自己，
温暖别人。

每一个不曾起舞的日子，
都是对生命的辜负。
将激情写进人生，
让生活有滋有味。
将热爱永存心间，
让内心春光明媚。

一个不爱自己的人，
也难以真正爱别人。
只有先温暖自己，
才有足够的能量，
去温暖他人。
激活自我感染别人，
用敬重宽容的态度，
与人温润相处，
生活自会许你一场春暖花开。

一路风雨兼程，
凡事全力以赴，

人生没有完美，
生活总有缺憾。
不必抱怨，
只需砥砺前行，
不必畏惧，
只需完善自我，
诠释生命最大的价值。

与温暖的人同行，
将你温柔以待，
唯愿时光清浅。
喜我所喜，
爱我所爱，
体会人间善意，
生命温暖美好。
不负时光，
不负自己，
心中有暖阳，
处处皆春景。

温暖地活着，
让身心充满热度，

才会永葆温暖。
愿我们眼里长着太阳,
闪烁光芒,
愿我们笑里全是坦荡,
不惧沧桑。
让星光点亮星光,
让彼此温暖对方,

从今天开始,
让我们用温暖的心,
爱自己、爱家人,
爱生活、爱事业,
爱自然、爱万物,
爱祖国、爱人民,
与岁月温情相待,
与世界温暖相拥。

二

成长篇

和什么样的人在一起,就会有什么样的人生。与激情的人在一起,生活有阳光,处处是风景。

与优秀者共成长

人生漫漫长路,
选择与谁同行,
影响你的方向,
决定你的未来。

常与智者同行,
自会不同凡响;
善与高人为伍,
才可登上巅峰。

人怕交错友,
心怕给错人;
与凤凰同飞,
你必是俊鸟;
与虎狼同行,

你必是猛兽。

你与蝴蝶起舞,
看到芬芳花朵;
追逐苍蝇害虫,
终将自食恶果。

积极的人像太阳,
照到哪里哪里亮;
消极的人像月亮,
初一十五不一样。
与消极的人同路,
见不到光明希望;
和积极的人同行,
走向诗意的远方。

跟勤奋的人在一起,
你绝不会空虚懒惰;
跟善良的人在一起,
你绝不会凶狠邪恶;
跟靠谱的人在一起,
你绝不会飘忽不定。

积极阳光优秀的人,
在挫折中孕育坚强,
在困境中迸发力量,
在创新中激发灵感,
在挑战中铸就辉煌。

和什么样的人在一起,
就会有什么样的人生。

与激情的人在一起,
生活有阳光,
处处是风景;
与奋进的人在一起,
心中有理想,
事事能超越。

靠近正能量的人,
感受太阳般温暖;
汲取前行的力量,
成为正能量的人。
与优秀者共成长,
你必将出类拔萃!

在思考中成长

做人做事生活,

处处时时事事需要思考。

人生如路,

有平有险;

生活如水,

有苦有甜。

遇事要辩证看,

坏事可以变好,

好事也可以变坏。

事事沉着冷静,

在思考中健康成长。

读的是书,

见的却是世界;

斟的是酒,

品的却是人生;

沏的是茶,

尝的却是生活。

人生就像一张单程车票,

没有彩排,

场场都是直播。

把握好每一次机会,

便是对生命最好的尊重。

人的一生,

会遇见形形色色的人。

绝不能忘记,

困难时拉你一把的人;

绝不能结交,

挫折时藐视你的人;

绝不能相信,

成功时吹捧你的人;

绝不能爱上,

人品低劣的人;

绝不能抛弃，
同甘共苦的人。

人生可悲的，
不是昨天失去太多，
而是沉浸于昨天的悲凉之中；
人生痛苦的，
不是没有找到所爱的人，
而是没有给所爱的人幸福；
人生快乐的，
是他人带给你的快乐，
也是你给他人带去欢愉；
人生最迷茫的，
不是如何选择，
而是不知道自己想要什么；
人生最困惑的，
不是看不清他人，
而是不了解自我。

历经春夏秋冬，
尝遍酸甜苦辣。

苦了才懂得甜美，
痛了才幡然醒悟，
伤了才明白坚毅；
总有金色的清晨，
总有绚烂的黄昏，
总有繁星的夜晚。
不管昨天、今天、明天，
能豁然开朗，
就是有希望的一天。

最快的脚步不是跨越，
而是持续前行；
最慢的步伐不是缓慢，
而是踌躇不前；
最好的发展不是机遇，
而是科学思考；
最佳的成长不是将来，
而是现在奋进！
你勇敢，
世界就会让路；

你无惧,
命运就会屈服。
在思考中成长,
在拼搏中超越。
如果不能达到理想的高度,
那就提高自己的水平。
决定我们命运的,
是我们自己!

在历练中成长

没有一帆风顺的人生,
没有不劳而获的幸福。
独自航行在人生之海时,
时刻都应做好准备,
即使遭遇暴雨、狂风、大浪,
也应毫无畏惧。
因为迎难而上的人们,
才有机会享受人生真正的快乐。

不忘初心,
方得始终。
做出选择必须坚守,
面对坎坷毫无怨言,
不达目标誓不罢休。
自强不息果毅前行,

敞开怀抱,
迎接春暖花开的未来。

不要草率行事,
不要见异思迁,
制订好人生战略规划,
终点结果起点行动。
追求更高的标准,
缔造相对的完美,
每一天都在创新拼搏中度过,
才会收获真正的美好。

优柔寡断的坏习惯,
会耗掉你生命的能量,
会毁掉你发展的机会。
击退成功路上的阻碍,
不要等待明日,
就在此刻行动。

伟大的成功者,
都有值得借鉴的思想:
坚定不移的信念,

矢志不渝的目标，
昂扬奋进的激情，
执着顽强的耐力，
专注做事的定力，
不屈不挠的意志。

没有比人更高的山，
没有比脚更长的路，
唤醒心中梦想，
激发无限潜能。
水，为大海奔波；
鸟，为天空飞翔；
梦，为明日歌唱；
人，因历练成长。

在"输"中坚毅成长

孩子是家庭的未来,
是祖国明天的希望!
树立正确育子观念,
科学引导健康成长。

教会孩子勇敢面对输,
比关注孩子如何赢更重要。
没有谁愿意孩子输,
希望各方面都争第一!
但任何比赛只设三种奖牌,
每个班级只有一个第一。
面对输时要学会接受,
振作精神才能重新开始。

人在一帆风顺的时候，
很难看出品质。
只有遇到挫折时，
才能展现人的伟大。
教会孩子在输的时候，
冷静面对反思自我，
豁达自信温暖善良，
积累经验果敢前行，
必将收获成长，
成为更有力量的人！

霍金全身瘫痪，
肌肉萎缩不能言语，
面对绝境自强不息，
提出黑洞蒸发理论，
惊艳世人！
诠释生命的顽强，
演绎了人生奇迹。
教会孩子勇敢面对输，
挫折之后不气馁。
情绪从消极转为积极，

调动全身力量面对困难，
一定会在历练中成长。

必须要让孩子知道，
当压力大到快要崩溃时，
不要让烦躁和焦虑毁掉自己，
而要在经受挫折中培育坚毅品质。
心可以碎脚不能停，
在顽强中阔步前行，
坚信明天更美好！

人非圣贤，
孰能无过。
孩子是成长中的人，
一定会有许多不完美。
每个孩子都是独特的个体，
善于发现孩子的长处。
帮助他们扬长避短，
在阳光自信中健康成长，
才会成为更好的自己。

水的清澈，
并非因为它不含杂质，
而是在于沉淀；
心的通透，
不是因为没有杂念，
而是明白取舍。

没有谁喜欢输，
输是正常现象。
向上向好是人之常情，
每个人都向往赢。
但要让孩子从小就意识到，
成长之路不是一帆风顺的，
总会有输的时候，
输是成长的一部分，
也是生命的重要体验。
学会正确面对输，
才能学会健康成长。

偶尔制造些小失败，
让孩子感受挫折。
体会输的感觉，

学会克服内心的失落。
孩子遇到失败时，
情绪肯定会低落。
难以面对结果，
我们应及时鼓励。
并且告诉孩子，
输了不要紧，
重要的是调整好心态。
纠正"输不起"的心理，
加强孩子的抗挫能力。

输不意味着否定自己，
没有人会一直输。
在一方面输，
在另一方面可能赢了。
赢也不要沾沾自喜，
没有人会一直赢。
无论输赢，
都要抱着积极的心态。
今天的赢，
不等于永远赢了，
要谦卑做人，

继续前进!
今天的输,
也只是暂时的,
振奋精神,
砥砺前行!

输赢并不重要,
重要的是收获了什么。
天行健,
君子以自强不息。
坚定信念去追寻,
爱拼才会赢。
希望我们的孩子,
学会面对输。
只有输得起,
才能愈挫愈勇。
在挫折中奋进,
在"输"中坚毅成长!

有错能自省

金无足赤,
人无完人。
面对自己的缺点,
视若无睹,
放任自流,
将在悲切与庸碌中度过;
看清自己的问题,
时时自省,
反思自我,
在一次次挑战中重获新生。

正视自身的缺点,
使其成为生长点。

所谓逆境出人才，
就是明晰其弱点，
下决心远离诱惑。
有壮士断腕之勇，
有砥砺奋进之志，
激活自身强大内能，
奋发图强逆境崛起。

自省就像揽镜自照，
照出自身的不完美，
及时改正完善自我。
唯有正视自己缺点，
与缺点作坚决斗争，
让自己具有硬实力，
人生才能迸发光彩。

善于反思今天行为，
说了什么不妥的话，
做了什么不当的事，
需要不断检讨反省。

对明天做怎样打算，
对未来有什么规划，
需要科学理性思考。

真正聪明的人，
在人生旅程中，
一边笃定前行，
一边自我审视。
有错而能自省，
自省而后能改，
坚持不懈纠错，
才能成为别样的自己。

有错能自省，
是成功的必修课。
唯有不断反省自己，
经历才能化为经验。
唯有不断反思自我，
才能清晰自身不足。
知不足、而后省，

坚定不移纠正,
才能成为全新的自己。

自身出现问题,
决不怨天尤人,
而是反躬自省。
从自身找原因,
向内归因,
向上生长,
才能成为更好的自己。

懂得自省,
是大智;
敢于自省,
是大勇。
做人自省,
做事自省,
才能成为优异的自己。

人非圣贤，

孰能无过；

过而改之，

善莫大焉。

以责人之心责己，

以恕己之心恕人。

有错能自省，

时刻能自省，

才能成为最好的自己。

塑造自我

人,
不是器物,
不能狭隘,
不可拘泥。
人,
不妄自菲薄,
不随波逐流,
不故步自封。
人,
应该放大格局,
不断塑造自我,
提升生命质量。

美好的事业,
需要健康的身体去创造;

幸福的生活，
需要健康的身心去体验。
经常锻炼寿无疆，
运动延年是良方；
唱跳结合精力旺，
强身健体慨而慷；
塑造身体有惊喜，
人生处处现奇迹。

要想成就自己，
需要塑造圈子；
朋友影响出路，
圈子选择人生。
和什么样的人同行，
就会走什么样的路；
找到利于奋斗的圈子，
融入更优秀的群体，
成就更好的自己。

习惯是顽强巨大的力量，
好习惯成就人生，
坏习惯毁掉人生；

年轻时培养好习惯,
好习惯受益终身。
塑造更多好习惯,
你的人生更灿烂,
世界也将更美好。

人生是一场修行,
静以修身,
俭以养德;
非淡泊无以明志,
非宁静无以致远。
生命无法重来,
生活可以重塑;
摆脱外界纷扰,
内心安定从容;
人生不设限,
精彩更无限。

不断塑造自己,
打造健康体魄;
进入高阶圈子;
培养良好习惯;

升华人生格局；
迸发惊人力量。

岁月不老，
大地多情；
种好心田，
收获硕果；
塑造自我，
升华灵魂！

阅读让精神世界更辽阔

阅读陪伴人生的春夏秋冬，
让生命生根发芽枝繁叶茂。
阅读吸收人类无穷的瑰宝，
让生命从中充分汲取营养。

书是人类历史的录像机，
阅读能感受前辈的足迹。
书是知识和智慧的大海，
阅读助力我们遨游壮大。

书是浩瀚群山美丽博大，
阅读能从狭隘走向广阔。
书是精神世界最佳养分，
阅读能让营养滋润心窝。

阅读让知识汇聚成海洋,
理想之帆在海面上荡漾。
在海的怀抱里放声歌唱,
毕生热血开发无尽宝藏。

生活里没有书籍,
就好像没有阳光;
智慧里没有书籍,
就好像鸟缺翅膀。

书是伴侣,
与你共度美好的时光;
书是森林,
能够栖息疲惫的身躯;
书是屏风,
能够遮蔽尘世的喧哗;
书是砖瓦,
能够构筑人格的大厦;
书是阳光,
能够驱走内心的阴暗;
书是明灯,
能够照亮你前行方向;

书是乳汁,
哺育我们健康的成长;
书是阶梯,
帮助我们攀人生高峰;
书是财富,
提升我们的精神品位。

书屋万卷适我取,
学会选择才成功。
咬定青山不放松,
谁有毅力谁成功。
阅读伴我一生行,
精神世界更辽阔。

自强路更宽

人生是一场修行,
实践中感悟生活,
砥砺中促进成长。
一寸光阴一寸金,
寸金难买寸光阴,
时光宝贵需珍惜。
碌碌无为,
得过且过,
见不到生命曙光。
勇敢挑战,
积蓄力量,
强大自我,
路才能越走越宽。

走过挫折,
不诉说自己痛苦;
奋斗过程,
不张扬自己能耐;
取得成绩,
不炫耀自己本领。

能说会道的人,
胜在一时;
踏实稳健的人,
赢在一世。
理性思考,
和谐共进,
创新拼搏,
才能不断突破。

遇事不逃避,
难事不抱怨。
小事要精细,
大事要慎重。
做事讲质量,

办事讲奉献。
事要做彻底,
做人要可靠。

究竟能走多远,
到底能飞多高,
不仅取决于自己,
还取决于身边人。
与错的人同路,
在不知不觉中,
你会陷入泥潭;
与对的人同行,
在润物无声中,
你会不断壮大。

自我强大的人,
内心虚怀若谷,
处事果敢勇毅。
得到了不狂喜,
失去了不伤悲,
把失败当教训,
把成功当起点。

自我强大的人，
遇到不公待遇，
从不逢人抱怨；
取得再多成就，
从不沾沾自喜；
待人处世平和，
胸怀宽广无私。

积淀储蓄正能量，
自律实现正生长；
发展自我能超越，
强大自我路更宽。

超越自我破极限

淡淡流云旭日霞,
萋萋芳草逐月花。
露珠欲滴闪银光,
洗礼灵魂再升华。
蹉跎莫遣韶华逝,
终身学习品自高。
阳光和煦暖风来,
绚丽多彩竞开放。

黑夜勇敢探前路,
身在暗处心里明。
曙光破晓阔步行,
坚定果敢迎挑战。
小鸟勇毅振翅飞,
搏击长空天地间。

人生短暂需奋斗，
勤奋流淌智慧泉。

人生能有几回搏，
逆风也要去飞翔。
伤痕累累要坚强，
拼搏人生方无悔。
开阔眼界心豁达，
丰富内涵创思想。
带着激情去探究，
超越自我迎未来。

迷恋诗词心潮涌，
笔耕不辍翰墨情。
唐风宋韵传千古，
心有灵犀一线牵。
人生方向自己定，
奉献社会情无价。
中华文明永流淌，
雅俗共赏创辉煌。

我自天高任鸟飞，
因其海阔凭鱼跃。
人生谁又能无过，
跨越自己勇突破。
品质高贵润心灵，
灵魂高尚养精神。
德才兼备展宏图，
强国路上当自强。

光阴荏苒岁序新，
明天永远有奇迹。
实践锤炼无畏惧，
不断创新勇攀登。
衣带渐宽终不悔，
挚爱奉献天下情。
立德树人做示范，
献身教育终无怨。

放下负累心淡定，
成全别人成就己。
每天迎接新考验，
步履艰难不退缩。

屏蔽喧嚣静修心，
初心未改果敢行。
尽态极研展姿彩，
笃定前行争朝夕。

强身健体蓄能量，
跨山越河志趣坚。
自我驱动目标高，
人生自律毅力强。
同频共振新时代，
强大自己去锻造。
愈挫愈勇自拼搏，
超越自我破极限。

人生

人生有多长,
不过三万余天;
永远有多远,
看走过的行程。

端端正正做人,
无愧于心;
踏踏实实做事,
不欺于人。

坦坦荡荡活着,
对得起自己良心;
有情有义活着,
不辜负别人真心。

对人生的尊重,
就是活好每一天,
让每一个念头清澈,
让心地每一刻温和,
让理想成为一生的执着。

人生,
总有许多沟坎需要跨越;
岁月,
总有许多遗憾需要弥补;
生命,
总有许多迷茫需要领悟。

走过坎坷,
才懂平安就好;
尝过酸甜,
才知平淡就好;
历尽兴衰,
才懂知足就好。

人生是一场和自己的比赛,
输与赢都一样的精彩,

因为曾努力奋斗过。
优于别人，
并不高贵，
真正的高贵，
是优于过去的自己。

人生要有品位，
不要无所谓；
事业要讲究，
不可将就；
生活要浪漫，
但不可散漫。

人生就是一场修行：
忍得住孤独，
经得起折腾，
耐得住寂寞，
受得起打击，
挺得住痛苦，
丢得起面子，
顶得住压力，

担得起责任，
挡得住诱惑，
提得起精神。

人生短暂，
用心珍惜，
规划好人生旅途，
平凡诗意的生活。

三 哲思篇

外在的美,只能取悦人的眼睛;内在的美,才能唤醒人的心灵。

倾诉与倾听

人生活在社会中,
期待真诚的友谊。
向天地倾诉心声,
渴望与世界沟通。
倾诉是情绪释放,
倾听是情感包容。
诉说着酸甜苦辣,
倾吐其风霜雪雨。

仲秋九霄万景清,
迎来满院硕果盈。
小虫孤单独吟唱,
一呼百应同频声。
朗朗上口嗓音美,

抑扬顿挫曲调明。
亲近自然觅愉悦,
享受人生美好情。

七条弦上五音寒,
此艺知音自古难。
约来挚友诉心酸,
互诉衷肠解困惑。
邀来主管话疑难,
对饮清茶不忍还。
洗耳恭听百姓声,
潜心服务为人民。

愿意倾诉是信任,
善于倾听是能力。
只诉不听不可取,
只听不诉亦不佳。
有人倾诉是幸福,
倾听别人是尊重。
学会倾诉除淤塞,
善于倾听兼则明。

良言一句三冬暖,
恶语伤人六月寒。
和风细雨多交流,
倾听倾诉情意浓。
善听善言多碰撞,
思想升华心通畅。
风华正茂咏己志,
乘风破浪时代兴。

平凡与非凡

平凡岗位,
坚守初心。
汇聚力量,
平凡成就非凡。

小草虽小,
一样能铺就辽阔无垠的草原。
我们虽然平凡,
尽情展现你我的聪明才智,
手牵手,肩并肩,
一起去创造,去奉献,
伟大就在平凡的岗位中闪光,
平凡走向非凡。

信念，
是人生前行的定向标，
在平凡中坚定信念。
只有永葆信念的人，
才能矢志不渝、百折不挠。
不论风吹雨打，
不怕千难万险，
在平凡中坚定不移，
平凡创造非凡。

伟大出自平凡，
平凡造就伟大。
所有的不平凡，
都来自于日积月累的平凡。
脚踏实地做好每一件小事，
平凡的人，
也可以获得不平凡的人生；
平凡的工作，
也可以创造不平凡的业绩。

如果你是一滴水，
是否滋润了一寸土地；
如果你是一束阳光，
是否照亮了一分黑暗；
如果你是一颗螺丝钉，
是否永远坚守你的岗位。
让我们用激情与热血，
铸造事业不老的魂，
让平凡的你我，
铸就非凡的明天！

梦想与坚守

有了光源,
金子才能发光;
有了舞台,
舞者才能闪耀。
人靠天赋远不够,
要为梦想去坚守。

内心播下梦想的种子,
寻找萌芽滋长的阳光。
带着梦想勇敢上路,
张开臂膀奋力飞翔。

有了梦想是幸运,
坚守梦想是伟大。
一生深挖一口井,

瞄准目标不动摇。
承载岁月的反复,
孤独勇敢地坚持。
专心做好一件事,
从极简做到极致。

大梦想化为小目标,
让梦想不再缥缈。
挨过打磨的刀削,
经历岁月流转的考验。

用心赋予粉笔以魔力,
绘就流光溢彩的画卷。
不忘祖国人民的重托,
用情点燃胸中的烈火。
光辉人性,博大胸怀,
给学生以童心的力量。
鸟语花香,明媚舒畅,
欣欣向荣,温暖如春,
点亮学生内心的光明,
塑造学生人格的挺拔。

风吹雨打,
从未停歇翱翔的翅膀;
霜雪交加,
从未动摇金色的信仰;
满头飘雪,
换来了天下桃李芬芳;
精神坚定,
塑造出祖国真正脊梁。

敬业与乐业

人生在世，
全神贯注，
尽享其中，
谓之乐业。
敬业是责任，
乐业是趣味。

敬业是一种美德，
乐业是一种境界。
工作是人生道场，
卓越是奋斗方向。

对待本职工作，
常怀敬畏之心。
悟其理、精其术，

力求做得更好，
成为行家里手；
挖其能、竭其力，
有愚公移山之志，
有黄牛耐劳之神。

劳动中享受生活，
生活中享受劳动。
每一份工作，
都有价值。
激情奋进，
矢志不渝，
心无旁骛，
谓之敬业。

一时强弱在于力，
千秋胜负在于理。
拼搏路上无所惧，
追求真理雕成器。
在履职中练能力，
在发展中长智慧。

事业中感受喜悦，
喜悦中成就事业。

百业勤为先，
万恶懒为首。
劳作是功德，
懒惰是罪恶。
少说漂亮话，
多干手中活。
做好小事情，
成就大事业。

这山望着那山高，
必将一事无成。
职业之成就，
离不开执着，
需坚韧不拔。
选择好职业，
勇敢去探索。
坚持中创造，
自我有超越，
快乐相伴随。

敷衍于工作,
停留于现状,
心中生倦怠。
生命有挑战,
拼搏加奉献。
工作能结果,
心中生快乐。
胸怀有梦想,
生命更精彩。
事业创奇迹,
人生谱华章。

"小我"与"大我"

人生两种境界,
一种是"小我",
一种是"大我"。
"小我"的境界,
满足自我需求,
追逐自身利益。
"大我"的境界,
履行团队责任,
担当国家使命。

个人超越"小我",
才能融入"大我",
促进"大我"发展;
"大我"汇聚"小我",

才能整合"小我",
实现"小我"升华。

"小我"融入"大我",
共同目标促发展。
聚集细流入江河,
万里奔涌显伟力。
携手同行勇探索,
同频共振谱新篇。

"小我"融入"大我",
同甘共苦励成长。
知行合一尽所能,
锲而不舍勇挑战,
建好共同"大我",
塑造每个"小我"。
"小我"创造"大我",
"大我"成就"小我"。

苍茫天地间,
浩瀚历史中,
个体"小我",

纵有登高之志,
亦有超群之力,
在无尽的时空,
卑微如尘,
微不足道。

"小我"融入"大我",
会聚涓滴,去私立公,
用量变激发质变,
凝聚成强大集体,
汇聚成高能集群,
共创新时代伟业。

格局与结局

生活难免磕碰，
无关紧要的事，
不必锱铢必较，
看不惯的越多，
烦心事就越多。
容人者人亦容之，
谅解别人的错，
方能解脱自己的心。
心思狭隘，
前路越走越窄；
放大格局，
日子越过越顺。

懂得释怀才能放过自己，
抛掉执念才能活得坦然。

生活总有遗憾,
生活也有无奈,
不必耿耿于怀,
让自己心力交瘁。
心胸小了,
事就大了;
心胸大了,
事就小了。

做人要往远处看,
翻过了山,
眼界就开阔了;
做事要向高处看,
勇于探索,
才能获得成长。
做事如山,
有无欲无争之心,
有坚韧踏实之力;
做人如水,
有包容万物之胸襟,
将身边能量汇聚成汪洋。

有视野,
才有格局,
有格局,
才有乾坤。
一个人若目光短浅,
只重眼前利益,
必然难有所成。
真正优秀的人,
稳得住自己,
也容得下别人,
不纠结一时得失,
不囿于方寸之间。
格局越大,
对事物的认知越深刻,
才能做出正确的判断。

犹如蚌壳中的沙粒,
使出浑身解数,
分泌涎沫去包裹它,
矢志不渝去润泽它,
终将磨砺成闪亮的珍珠。
格局一旦放大,

你会发现,
美好的事情就会持续发生。

委身谷底,
只见迷雾荆棘;
傲立山巅,
方知高远辽阔。
经历越多越明白,
真正困住一个人的,
不是问题大小,
而是自身格局。
偶然的成功靠运气,
必然的成功看格局。
胸中有丘壑,
眼里存山河。
能力决定你能做什么,
而格局决定你最终的结局。

生命与使命

生命与使命,
是人生的两大命题。
生命,
是生与死的距离,
是花开花谢的过程,
是肉体的延续。
使命,
是生与死的担当,
是生命的全部意义,
是奋斗的信仰。
生命连着使命,
使命铸就生命。
有的人看重生命,
淡化使命,
致使生命凋零;

有的人看重使命,
淡化生命,
彰显生命高大伟岸。

使命因生命而来,
生命因使命而续。
生命再渺小,
也有其使命。
一棵棵有使命的小草,
成就一望无垠的草原;
一棵棵有使命的小树,
成就广袤无际的森林;
一个个有使命的国民,
成就繁荣强大的祖国。

育人者必先育己,
育好己方能育好人。
理想就在岗位上,
信仰就在行动中。
讲台是施展才华的舞台,
用生命为孩子放声歌唱。
对准每个音调,

拨动孩子心弦，
笃定信念一生献教育，
激情创造终身育英才。

伴过春风，走过酷暑，
揽过星河，携过寒冬，
一年四季，白天黑夜，
皆在脚下，一路向前。
培根铸魂，启智润心，
让生命和使命同行。

生命，
是人类存在的意义，
使命，
体现了人生价值和意义。
有使命才会有担当，
有使命才会有方向。
生命与使命并进，
使命为生命赋能。

生命因使命而崇高,
使命因生命而精彩。
生命有恒,
使命无限,
使命拨开奋斗之中的迷雾,
让信仰之光更加璀璨永恒。

过去、现在与未来

轻抚过去褪色的照片,
回首激情拼搏的岁月,
烟尘往事断续地浮现,
留下让人难忘的诗篇。

过去,
已成过去。
带着一颗火热的心,
重温往日追梦之旅。

潜心谦和深造诣,
不矜不伐厚探究。
但求置身功名外,
与尔偕行智慧门。

踔厉奋发近花甲,
无怨无悔一生情。

现在,
带着执着。
耕耘教坛无怨无悔,
探索魅力教育新征程。

好汉不提过去勇,
现在迈步从头越。
忠诚教育勇担肩,
教改深研技艺全。
教师如山生如水,
山光水色互映照。
云推树摇励成长,
精神引领乐开怀。
务实求真勤探路,
大展宏图绘丽篇。

未来,
难以预想。

带着新的期冀,
飞向蔚蓝辽阔的天空。

珍惜眼下放眼未来,
心中永葆拼博精神。
生命中的我,
不是一条小溪,
有责任、使命与担当。
像明镜的湖泊,
像奔腾的河流,
像激情的勇士,
播撒魅力之光。

每一个过去、现在与未来,
都很精彩;
经历的酸甜、苦辣与风雨,
都是故事。
轻轻拂去过往的尘埃,
放下镶嵌在悲欢离合中的回忆;
好好珍惜现在的时光,
在无畏风霜雪雨中遇见更好的自己;

未来在星光灿烂的远方,
更应有阔步向前豪情满怀的信心。

深深感恩,
通透豁达,
激情挑战,
创造未来!

换位思考

人与人之间，
需相互理解；
心与心之间，
要彼此呵护。
理解如桥梁，
沟通能顺畅；
体谅是善意，
隔阂能消融。
宽容别人过，
生活越豁达。

常换位思考，
路越走越宽。
会换位思考，
世界更美好。

友情似花朵，
爱心来浇灌。
人心虽似海，
难抵真情义。
遇事见真心，
宽容赢感恩。

计较得越少，
情谊就越浓。
生命有回声，
互助添色彩。
人心有回应，
真心唤真情。
做人需修养，
尊重靠修炼。
助人需修行，
忠诚靠修心。

遇事反思己，
换位心里明；
要求人甚少，
给予人甚多。

朋友是清茶,
品茗留余香。
患难见真情,
日久见人心。
常思己之过,
退让天地宽。

说人真容易,
管理自己难。
索取与付出,
常换位推敲。
亲情与友情,
理解才能行。
假如我是你,
未必有你行。
人心换人心,
黄土变成金。

责人先问己,
恕己先恕人。
理解先包容,
在乎先珍惜。

挫折变坚强，
消极化希望。
换位思问题，
干戈化玉帛。
相处常换位，
付出心安放。

心态若强大，
困难则弱小。
爱出者爱返，
福往者福来。
世上无完人，
事事换位想。
换位是理解，
换位是温暖，
换位是美德，
换位是智慧。

思维决定人生

人与人之间最大的差距，
不是情商，不是智商，
而是良好的思维方式。
真正限制我们人生的，
绝不是经济上的拮据，
而是认知上的困顿，
思维上的肤浅与懒惰。

当你觉得选择的路很艰难，
有更多挑战的时候，
说明你正在成长，
在走上坡路。
当你觉得选择的路很容易，
有更多舒服的时候，

说明你正在逃避,
在走下坡路。

越是优秀的人,
越懂得互相欣赏,
互相关爱与帮助,
因为他们明白,
为他人搭桥的同时,
也正是为自己铺路;
越是平庸的人,
越喜欢互相为难,
彼此设限与较劲,
堵住别人前行的路,
也让自己深陷泥潭,
阻碍自己发展。

面对生活的窘境,
弱者习惯逃避,
处处听天由命,
在踌躇不前中,
错过许多成长的机会。

而强者则会直面自己的问题,
敢于迎难而上,
在挫折前主动成长,
在痛苦中涅槃重生。

脑子里没有色彩,
看什么都是灰暗;
脑子里盛满激情,
看世界都是光明,
脑子里充满能量,
让生命昂扬向上。

思维改变一小步,
人生前进一大步。
思维的深度,
决定人生的高度;
思维的广度,
决定人生的宽度;
思维的格局,
决定人生的结局。

清明之思

柔风低吟,
青鸟浅鸣,
暖阳把大地拥抱,
蜂蝶在群山环绕。

又是一年清明,
追思恰如春草,
连着那千山万水,
向阳而生。

慎终追远,
中华国学,
民族的血脉,
家国的灵魂,

精神的支柱，
崇高的缅怀。

滋润了几多红尘，
诉说着多少情怀。
寄托着无数哀思，
细述着悠久故事，
绵延着千年良俗。

诗词歌赋，
留下了民族精神；
碑帖拓片，
丰厚了文化瑰宝；
璀璨如星，
光彩熠熠。

古往今来，
繁华起伏。
天地两行路，
白菊满枝头，
行人欲断魂。

把那一腔缤纷的念想，
借那迷蒙的夜月遥寄。

轻轻走近您的土地，
请倾听我涕零的话语，
生怕惊扰您沉睡的梦乡。
三千余年如一梦，
此身虽在堪惊。

挂满一行行泪雨，
絮语往日的亲情。
长河流月去无声，
杏花疏影里，
思念到天明。

春风在大地飘曳，
萦怀无限的情愫。
踏上今日的征途，
路在不断地延伸，
美在生命的重塑。

几多情,
道不尽,
清明祭奠重在心,
要化哀思为力量。
学思想,
悟真理,
强党性,
重实践。

学思用贯通,
知信行统一。
心往一处想,
劲往一处使。
贯彻新发展理念,
构建新发展格局,
建功伟大祖国新时代,
铸创魅力教育卓越新品牌。

谷雨诗吟

跨过清明的栅栏,
抵达谷雨的芳菲。
暖风凝露,
晓霞乍映,
柳絮纷飞,
蛛丝游动,
风吹雨落一城花。

布谷声声,
催熟了青涩的樱桃;
杜鹃阵阵,
啼开了新红的牡丹;
芍药薰风,
国色天香。

消除了心灵的焦虑,
何似西窗谷雨茶。

陌上青青,
桑叶癫狂。
梨花白了,
桃蕊粉了,
芭蕉绿了,
点燃了山谷的梦想,
嫣红了岁月的长河,
临赏须宜趁韶光。

九鹤丹山,
色彩翠绿。
挎着竹篓,
手摘芳烟,
试煮花泉。
熨烫着绿嫩的惬意,
茶经谷雨情意重。

春气浓浓,
任落濛濛细雨,

莫名伤感，
何须惆怅。
那金灿灿的油菜花，
是太阳暗送谷雨的秋波，
引无数蜂蝶竞折腰。

看轻盈隐约，
辉锦绣，
掩芝兰，
何须解语，
况更有，
凝情处，
无穷意。

一杯香茗，
思绪如潮，
清明连谷雨，
踏着自然生长的韵律，
把劳动当作乐享，
将理想种进泥土，
在希望的田野里发芽，
听那春苗拔节的平仄声，

茁壮成骄傲,

更著轻罗深护,

满林璀璨缀繁星。

满谷彩云,

舞低轻燕,

茶烟飐晓,

翠阁呈秀,

向东风种就,

玉香初茂,

把韶光留住,

立夏也有好风光。

但愿你的春天,

采屋幔亭依旧。

在茁壮中蓬勃,

紫气缥缈人间。

在妍丽中迷人,

在灿烂中结尾。

对春天最美的姿态,

莫过于珍惜和奋斗!

四

信仰篇

信仰是思想明灯,
指引你前行方向;
信仰是精神支柱,
唤醒你潜在力量;
信仰是生命状态,
迸发你激情豪迈。

喜迎二十大

世纪盛会二十大,
足智多谋强中华;
国泰民安歌盛世,
文明古国耀辉煌;
协力共筑千秋业,
凝心聚力再长征。

锦绣河山看今朝,
大地欢畅望北京。
从严治党强纪律,
惠政纾困为众生。
祖国大地宏图展,
巍巍中华再腾飞!

领袖指引道路明,
光芒万丈大地亮。
中华喜有擎天柱,
何惧狂风恶浪翻。
一颗红心向着党,
砥砺前行谱华章。

手握真理底气足,
心有人民基础牢;
胸怀博大多宽广,
运筹帷幄大中华;
坚定初心永不变,
小康路上再扬帆。

代表人民商国事,
谋民幸福定篇章。
党旗飘扬富百姓,
骏马奔驰保边疆。
五谷丰登创盛世,
千家璀璨映神州。

矢志不渝强国梦，
披肝沥胆创新篇；
牢记使命征程远，
揽月捉鳖凯歌还；
盛举共襄绘画卷，
辉煌再续惊宇寰。

颂党恩

您有大海的宽广,
激扬起时代浪花;
您有高山的威严,
屹立在世界东方。

您用信念铸翅膀,
遨游辽阔的蓝天;
您用坚韧筑基石,
守护中华的儿女。

您像灯塔引航向,
全面脱贫达小康;
服务人民勇担当,
中华迎来新辉煌。

您像洪流荡尘埃，
磅礴伟力贯长虹；
国家有您前程美，
人民有您信念坚。

两弹一星强国力，
杂交水稻稳民生；
万里高铁飞速路，
航天神舟遨苍穹。

坚定为民意志真，
领袖思想定乾坤；
同心共筑强国梦，
砥砺奋进建奇勋。

中华光辉照四方，
盛世万象皆焕新；
不忘初心谋幸福，
牢记使命颂党恩。

人生需要正确的信仰

万物生长靠太阳,
漫漫人生需信仰。
雨露滋润禾苗壮,
成长路上讲信仰。
超越自我不懈怠,
矢志不渝重信仰。

信仰是思想明灯,
指引你前行方向。
信仰是精神支柱,
唤醒你潜在力量。
信仰是生命状态,
迸发你激情豪迈。

信仰是欢乐小鸟,
迎着曙光歌唱。
信仰是心灵港湾,
积蓄前行力量。
信仰是崇高洗礼,
涵养精神境界。

信仰是理想坚守,
让人生道路宽广。
信仰是真理阳光,
让寒冬冰雪融化。
信仰是思想火炬,
让生命意义神圣。

坚持信仰不随波,
书写人生浩气歌。
心怀信仰似火焰,
点亮理想意志强。
追寻事业坚信仰,
雪压青松枝不弯。

时光易逝人易老,
功名利禄终须抛。
横眉冷对千夫指,
俯首甘为孺子牛。
人生自古谁无死,
留取丹心照汗青。

人生就像一首歌,
有高有低有平缓。
虚度光阴岁暮迟,
人生甲子尚学诗。
勤耕不辍深研作,
方兴未艾忘暮年。

千秋伟业先贤创,
强国精神吾辈扬。
不忘初心齐力闯,
弘扬使命斗志昂。
科技花开遍中华,
胸怀信仰奔前方。

信仰正确道路明,
人生处处见风景。
信仰正确意志坚,
激情拼搏迎挑战。
信仰正确精神旺,
续写生命新辉煌。

与时代共舞

吾辈有幸逢盛世,
奋发向前壮志酬。
时光如梭倍珍惜,
学海无涯任遨游。
辉煌时代共起舞,
勇担使命阔步行。

黑色清澈的眼睛,
追随光明的未来。
与时共舞为梦想,
燃烧岁月尽绽放。
鸿鹄之志需奋斗,
青春热血报祖国。

凝望深邃的星空，
这世界博大精彩。
让思想高过星河，
让胸怀宽过大海。
人是觉醒的瞬间，
告诉世界曾来过。

黑暗知太阳光明，
惊涛知舵手伟大。
触摸科学的神秘，
享受顶峰的巍峨。
生逢盛世展宏图，
万象更新映眼前。

回首我们来时路，
多少天堑变通途。
时代列车不停步，
历史车轮永向前。
顺应潮流激情创，
不畏险阻显英豪。

中华儿女腾飞起,
强国路上共翱翔。
举国上下扬帆行,
砥砺奋进火热情。
畅想伟大复兴路,
千古绝唱颂中华。

宏伟蓝图目标明,
两个百年创伟业。
培养精英国家兴,
长征路上代代行。
炎黄子孙中国梦,
辉煌时代强中华。

正 能 量

正能量,
是健康乐观的心态;
是积极向上的情感;
是催人奋进的号令;
是昂扬向上的斗志;
是接续奋斗的源泉;
是充满希望的期待!

正能量,
是管控情绪的法宝;
是振奋精神的秘诀;
是唤醒心灵的力量;
是开启思维的潜能;

是助力前行的动力；
是创造成功的基石！

正能量，
是孩子的天真之美；
是家庭的和谐之美；
是生活的品位之美；
是朋友的真诚之美。

正能量，
是团结合作的进取精神；
是自强不息的奋斗精神；
是不屈不挠的顽强精神；
是强我中华的无畏精神！

困难是人生的考验；
逆境是人生的导师；
磨炼是成功的良伴；
挫折是英才的灯塔；
失败是胜利的基石；
痛苦是人生的蜕变。

大力弘扬正能量,
奋斗奉献做榜样。
科技攻关多硕果,
征程路上激情扬。
中华民族一家亲,
同心共筑强国梦!

厚道是人生的基石

厚道之人,
并非软弱;
厚道之人,
并非才小;
厚道之人,
不是愚蠢。
厚道是智慧展现,
厚道是远见卓识。

厚道的核心是求真,
厚道之人,
泾渭分明;
厚道之人,
真诚坦荡。
土地不厚实,
承载不了山川海洋;

人心不厚道,
得不到真挚情谊。

做人厚道,
方为福气;
做人厚道,
赢得尊重。
厚道是立身之本,
厚道是处世之道,
厚道是待人之策,
厚道是人生之品。

厚道是一种气度,
厚道是一种雅量。
厚道之人,
以心暖心,
以情传情。
厚道之人,
如夏日清风;
厚道之人,
如冬日暖阳。

厚道之人，
稳健豁达，
宽广包容，
幽默诙谐，
低调谦虚，
值得信任。

天行健，
君子以自强不息；
地势坤，
君子以厚德载物。
生命的和谐源于厚道，
厚道让世界变得美好。

厚道之人，
活得轻松洒脱；
厚道之人，
人生有滋有味。
精明不如厚道，
计较不如坦诚。
做人需要厚道，
厚道是人生的基石，
厚道之人必有后福。

精神上的富足

世纪百年变局，
国际风云激荡，
唯有祖国强大，
才有人民安康。

中华民族的腾飞，
需要物质的支持，
更需要精神支撑。
迈步在新征程上，
不仅要做物质的创建者，
更需要精神上的富足！

中华民族的兴盛，
不但是物质繁荣，
更是精神的强大；

兴我中华,
共创物质财富;
强我中华,
共筑精神家园。

精神富有的人,
有高尚的灵魂,
有宽厚的爱心,
有悲悯的情怀,
有纯洁的内心,
有担当的勇气,
有坚韧的力量,
做精神的主人。

学习陶冶情操,
实践充实内心。
富是物质丰厚,
足是精神丰盈。
精神上的富足,
不枉自己的人生!

精神富有的人，
有文化的教养，
有宽广的胸怀。
不以享乐为目的，
能抵御物质诱惑。
培育道德情操，
锤炼文化品格。

精神富有的人，
有社会的担当，
有严格的自律。
珍惜集体荣誉，
扶助弱势群体。
担当社区责任，
扛起国家使命。

精神富有的人，
勇于追求真理。
有独立的意志，
有道德的自觉。
有人性的良知，
有高超的品行。

精神富有的人,
脚下有道路,
手中有事业,
心中有祖国;
干净地活着,
优雅地活着,
强大地活着。

人品六为

春秋晋侯晋平公，
宠爱贤臣祁黄羊。
南阳县里招县令，
便向黄羊问详情。
黄羊回答很坚定，
解狐担任最合适。

解狐与你是仇敌，
为何荐他去上任？
您只问我谁胜任，
是否仇人不考虑。
大公无私为圣人，
人品高尚好榜样。

孜孜不倦学古贤，
呕心沥血探新路。
蜡烛燃尽终不悔，
栉风沐雨洒汗水。
公而忘私为贤人，
废寝忘食育栋梁。

焦桐叶茂已成荫，
兰考沙丘变绿洲。
桑田碧海话夙愿，
青山绿水表初心。
举国长怀焦裕禄，
好官永活世人心。

公私分明要坚持，
克己奉公走在前。
人生路上多风雨，
为民服务拔头筹。
先公后私为善人，
中华文化代代传。

遇上好事须相让，
碰上恶事莫相推。
为而不争去世俗，
知足常乐有善果。
今生无悔赠玫瑰，
予人芬芳多美妙。
先人后己为良人，
为民谋利做公仆。

利益兼顾需客观，
力争忠孝能两全。
内外奔忙劳昼夜，
早迎旭日晚戴月。
宽猛三年无枉理，
两利兼济人民拥。
公私兼顾为常人，
做人做事不欺心。

为人六乐

拼搏汗水洒征程,
前路沧桑暗又明。
身经百战知途远,
脚踏万难事业兴。
千淘万漉虽辛苦,
吹尽狂沙始到金。
红日东升映天地,
白云飘逸壮志流。
进取有乐创事业,
超越自我攀高峰。

金钱权利身外物,
心之富足方为真。
淡泊名利心自宽,

唯有珍惜好时光。
神清气朗心明净，
天寒地冻水伏流。
昨日偶思联旧梦，
今生愉悦度红尘。
知足常乐好心态，
无私奉献强精神。

生活有苦也有甜。
失意之时勿惆怅。
历尽挫折更刚毅，
遇到悲伤不绝望。
人若坚强事投降，
愈挫愈勇战风霜。
心有光明眼里亮，
阳光照进暖胸膛。
先苦后乐行果敢，
持续奋斗换新篇。

异乡创业谈何易，
越过炎凉便是春。
激情创造前程绣，

心宽向善感恩情。
闲来自乐觅诗句,
不与他人试比高。
马不停蹄悠哉去,
盛世流年幸福迎。
自得其乐激情显,
团结凝心创业赢。

立德树人循礼法,
修身律己效先贤。
学会感恩仁义待,
互帮互助温暖传。
志愿服务源于心,
献出爱心在于行。
扶危济贫祖传扬,
进退维谷尽力帮。
助人为乐暖人间,
雷锋精神放光芒。

昨日分享成功事,
今日畅饮欢心酒。

和衷共济携手进，
畅所欲言话未来。
晚晴共诵夕阳好，
沃土同耕胸臆宽。
妙语歌声传美韵，
视频微信祝平安。
与众同乐生活旺，
携手奋进看今朝。

修养身心

人之所以快乐,
不是因为拥有得多,
而是因为计较得少;
人之所以成长,
不是因为年龄的增长,
而是因为精神的丰盈;
人之所以成熟,
不只是更多的经历,
而是有更好的人生修养;
人之所以幸福,
不是因为贪图享受,
而是因为乐于奉献。

修养是谈吐有礼,
善于倾听;
修养是平心静气,

以理服人；
修养是包容大气，
欣赏激励；
修养是谦卑低调，
豁达从容；
修养是淡泊名利，
积极进取。

外显精气神，
内塑真善美。
非丝非竹而自恬适，
不烟不茗而自清芬。
闭门即是深山，
读书随处净土。
静下心来看世界，
才能听到内心的声音。

修身养性塑品质，
沉淀升华提内涵。
书山自有志士梦，
画如仙境浮云轻。
诗与远方任向往，
历史绽放展魅力。

羊有跪乳之恩,
鸦有反哺之义。
谁言寸草心,
报得三春晖。
感恩尽孝讲德行,
黄雀衔环报恩情。
否极泰来天助君,
迟暮之年满园春。

人生像一首歌,
有激扬,
也有忧伤;
人生像一首诗,
有春日暖阳,
也有冬日寒风。
在别人的眼光里找快乐,
永远悲哀;
在别人的嘴巴里找尊严,
永远卑微。
生活有多残酷,
你就该有多坚强。

你宁静,
是为了让思想活跃;
你活泼,
是为了让精神宁静。
修养身心,
知错而改,
知耻而思;
修养身心,
追寻美好,
滋润生命。

走过红尘岁月,
不过是淡然最美;
看尽人世繁华,
不过是平淡最真。
过滤掉心中浮躁,
萃取知识的精华。
修养身心,
沉淀自我,
丰厚思想,
升华人生。

点醒人生

人生只有一次,
不要听天由命,
要把心态放平,
省繁从简,
少一分虚假,
多一分真诚。

真诚才能打动人心。
真诚,是对他人坦诚相待;
真诚,是让人舒心的修养;
真诚,是让人放心的人品。
对他人的每一分真诚,
都会换来他人的一份信任。

世界上，
绝没有直抵峰顶的天梯，
越想投机钻营，
越易适得其反。
恪守本分，
踏实做事，
低调做人，
方可行稳致远。

把不该说的话自然地咽回去，
可谓之成熟；
把应该说的话恰当地说出来，
可谓之担当。
不辜负每一份热情，
不奉迎任何的冷漠。
当别人不需要你的时候，
要学会主动走开。
多一点自知之明，
少一点自作多情。

真正有谋略的人，
不屑于寻找捷径，

只会稳扎稳打,
夯实根基。
仁者不乘危以邀利,
智者不侥幸以成功。
制定战略谋划未来,
寻找路径创造美好。

别和自己过不去,
放得下,
拿得起,
看得透,
学会取舍懂得珍惜!
带上自己的阳光,
微笑前行。
只要心中有光源,
无论走到哪里,
无论发生任何事情,
人生都将温暖如初。

古往今来,
有太多的人,
只看眼前利益,

凡事急于求成。
急功近利，
钻研捷径，
岂不知，
捷径的尽头可能就是绝境。

人生每走一步，
都是一种体验。
做好自己该做的事，
至于结果不必纠结。
在经历中成长，
在困境中坚强，
历经坎坷也好，
饱经风雨也罢，
都让自己茁壮成长。

你若坚强，
谁能让你脆弱；
你若坚持，
谁能让你放弃。

从懵懂中迈出,
选择属于自己的路。
每条路都有不一样的景色,
淡然过去,
坦然今天,
笑迎明天,
去创造属于自己独特的风景!

希望

无数革命先烈,
不惜用生命之顽强,
扛起国家复兴的使命,
托举起神州大地的希望。

太阳拨开厚厚的云层,
张开翅膀,
让温暖飞向大地的怀抱。
巍峨的群山,
被鲜红的朝霞掩映着,
披上了金黄色的外衣;
给刚刚醒来的人们,
带来无穷的力量,
让世界充满无限希望。

激情奋进在神州大地,
多姿生活,多元体验。
风吹雨打,勇毅前行,
不负时代,不负韶华。
永远保持激扬的状态,
希望就在前方!

我希望,
春风有信花开有期,
一切美好如期而至。
珍惜春天的时光,
赴一场,
属于自己的春日盛宴。

我希望,
夏日黄昏,
翠柳醉夕阳。
观流云随风飘远,
让微风轻拂面庞,
引起人们无限的遐想。

我希望,
秋天呈现最饱满的颜色,
我用满腔热情,
拼搏奋斗奉献。
秋风吹,
稻谷摇,
吹来丝丝凉意,
满山红叶飘舞。

我希望,
冬天下一场大雪,
雪花洁白如玉。
像玉色蝴蝶,
似舞如醉;
像吹落的蒲公英,
似飘如飞。
我爱冬天,
因为她孕育着一个春的希冀,
一个生命的希望!

希望,
像暗夜里的明灯,
像生命的起搏器;
希望,
像大海中的灯塔,
为远方孤舟指引航向;
希望,
像一颗待发的嫩芽,
即使再小,
也蕴藏着无尽的力量。

如果说,
有一种态度叫享受,
有一种感觉叫幸福,
那么,
我要大声告诉世界:
有一种力量叫希望!

与正能量者共舞

入芝兰之室,
久而不闻其香。
入鲍鱼之肆,
久而不闻其臭。

碰到负能量的人,
会让你心情烦躁,
精神疲惫厌倦,
浪费你的生命能量;
遇见正能量的人,
领略人生的美好,
激发生活的热情,
拓宽人生的眼界,
迸发你精神的力量。

与虎狼同行，

必是猛兽；

与凤凰同飞，

必是俊鸟。

优秀的人，

乐观豁达，

进取超越，

浑身充满正能量。

和优秀的人同行，

会滋养你的心灵，

放大你的格局，

提升你的价值。

靠近正能量的人，

会不断鞭策自我，

修炼自身，

一路向前。

让你在挫折中看到希望，

在逆境中养育坚毅品质。

打开你人生新视角，

赋予你人生新技能，

在前行的道路上，

成为更好的自己。

跟正能量的人相处，

会给你的生活注入热情，

少一份怨恨，

多一份付出。

勇敢面对挫折，

不悲哀，

不抱怨；

能坚持，

善挑战。

和正能量的人在一起，

让你在忧患中看到希望，

曲折中奋起直追，

攀登中勇毅前行！

和正能量的人在一起，

让你拥有从容不迫的心态，

冲破困境的勇气，
激发出向上生长的力量！

如果自身暗淡无光，
身边只会一片漆黑，
只有当你光芒万丈时，
身边才会闪耀无比！
与正能量的人在一起，
不断优化自我，
从根本上提升自己，
不断丰富壮大，
才能与正能量人同频。
要知道，
丰富自己，
远比取悦他人更有用。

择善而交，
择良而处。
远离负能量的人，
靠近正能量的人。

人和人之间最好的关系是,
相互滋养,
彼此成就。
人与人之间最好的结局是,
双向奔赴,
高峰相见。

五 奋斗篇

奋进的人,
天天在成长;
创新的人,
事事能超越;
拼搏与奋进的人,
人人能成功。

工作是人生宝贵的成长之旅

所谓"成年人",
不止是年龄上成年,
更是情绪上的成熟。
不会在受到委屈时,
横行无忌,意气用事;
不会在手忙脚乱时,
乱发脾气,给人脸色;
不会把情绪带到工作中,
破坏氛围,影响他人。
人生需要修炼,
遇事修性,遇人修心。
逢山开路,
遇水架桥,
果毅坚持,

历练成长,
成为更好的自己。

成就我们的事业,
也许现在不行,
但努力一定能行。
艰难困苦是磨炼,
苦难不会持久,
幸运也不会永续。
得意时不忘形,
失意时不消沉,
成为"自燃型"人。
持续激情地奋斗,
"平凡"变"非凡"。

风云变幻的年代,
把自己当空杯,
阅读、求教、学习、反思。
让思维匹配上时代,
才能拥有立足之地。
唯有不断"自燃",

持续自我进步,
才能厚积薄发。

世界日新月异,
超越才能进步。
成长不在舒适区,
喜欢做少的工作,
只挑最轻松的活儿,
得不到成长与收获,
必竹篮打水一场空。
专业、智慧、创造、奉献,
是你永远的护城河。
没有一份工作不辛苦,
没有一个岗位绝对稳定。
把工作当修行,
既能成就事,
也能成就人。

不要敷衍工作,
努力做到极致;
不要满腹抱怨,
努力做好自己;

不要轻言放弃，
努力总有意义。
不要斤斤计较，
努力放大格局；
不断磨砺意志，
提升人生境界。
心有好田，
不惧人生颠簸。

放低自己的姿态，
从低处开始，
才能昂扬向上。
踏实稳健，
敏而好学，
求知若愚，
求贤若渴，
切磋琢磨，
锤炼品质，
才会超越自我。

获得生活的食粮，
仅是工作的理由之一；

日复一日勤奋地工作，

锻炼了人性，

磨砺了心志，

厚重了人格，

升华了生命，

尊贵了人生，

工作是人生宝贵的成长之旅。

成功需要战胜你自己

目标虽明,
意志不坚,
终不济事。
人生最可怕的是,
清醒的懒惰,
行动的萎缩。
昙花一现的奋斗,
都是伪奋斗,
间歇性奋斗的人,
人生必一事无成。
这世上最大的困难,
是叫醒自己的坚韧与坚持。

低级的欲望,
放纵即可获得;

中级的欲望，
坚持才能实现；
高级的欲望，
坚定与**勇毅**方能得到。
真正让你成功的，
是自律与自信，
是激情与创造，
是果敢与坚决。
没有人能阻止你变好，
除非你自己。

你若成长，
时时能成长，
事事可成长。
你必须明白，
别人屋檐再大，
都不如自己有把伞。
奋进的人，
天天在成长；
创新的人，
事事能超越；

拼搏与奋进的人,
人人能成功。

自己不去做,成功率 0%
自己试着做,成功率 20%
自己好好做,成功率 60%
自己努力做,成功率 70%
自己拼命做,成功率 80%
自己拼搏创新做,成功率 100%

这就是人生奋斗的理由

天空不缺一颗星；
大海不缺一滴水；
公园不缺一朵花；
森林不缺一棵树；
单位不缺一个人。

但是你的家族，
缺少一个富有理想、激情奋斗的人；
缺少一个果敢坚毅、勇往直前的人；
缺少一个勇于担当、善于超越的人；
缺少一个国家栋梁、民族脊梁的人；
缺少一个让家人真正感到自豪的人。

十年前你是谁，
五年前你是谁，
甚至昨天你是谁，都不重要；
重要的是，今天你想成为谁。
十年后，你成了谁。

人生很累，
你现在不累，
以后就会更累；
人生很苦，
你现在不苦，
以后就会更苦。
生命的意义在于奋斗，
奋斗中有痛、有苦、有乐、有甜。

蓝天下不会因为一个人的眼泪而弥漫乌云；
社会上不会缺少一个人而失去活力；
世界更不会因为缺少谁而失去光明；
除了成长、成才、成功、成就，
拿什么证明你的存在，
你的价值。

没人在乎你的坎坷；
没人在乎你的消沉；
更没人在乎你的寂寞；
但有人会学习你的成功；
更有人会仰望你的辉煌。

没有靠山，
自己去建山；
没有天下，
自己打天下；
没有资本，
自己攒资本。
不相信这世界有什么救世主，
幸福需要自己去奋斗，去创造！

自身弱了，困难就强了；
自身强了，阻碍就弱了；
计划做了，时间就够了。
活着就该激情拼搏，创造精彩；
生活给我压力，我还给你奇迹！

努力的意义：

不要当父母需要你的时候，

除了泪水一无所有；

不要当孩子需要你的时候，

除了惭愧一无所有；

不要当朋友需要你到时候，

除了无能一无所有；

不要在总结你成绩的时候，

除了遗憾一无所有；

不要在面临新选择的时候，

除了悔恨一无所有；

不要回首过去的时候，

除了蹉跎一无所有。

——这就是人生奋斗的理由！

珍惜当下

人生是风雨兼程，
生命是美丽绽放。
人生如海显壮阔，
生命如歌展宏图。
人生珍贵惜当下，
生命价值靠创造。

少年易学老难成，
一寸光阴不可轻。
严寒未惧幽山谷，
兰花无人绽自香。
花开堪折直须折，
莫待无花空折枝。

珠落玉盘流连返,
当惜桑榆日暮光。
酸甜苦辣品人生,
悲欢离合知珍爱。
光阴似箭催人老,
千金难买韶华好。

乐于安静不浮躁,
执于原则不谄媚。
松土施肥花儿旺,
一壶浊酒伴诗章。
珍惜当下蓄能量,
心无旁骛修涵养。

昨夜怀揣梦想来,
而今正是奋进时。
心有志趣意志坚,
不忘初心担使命。
与时俱进强自我,
跃马扬鞭谱新篇。

心若向阳花自开，
岁月如梦暖心怀。
寻道登高望远眺，
还须迈步越今朝。
自古惜时圣贤路，
博览群书度千秋。

常言百善孝为先，
子女尊亲代代传。
行孝当趁双亲在，
莫待仙游泪花流。
须知孝道不忘本，
时代当歌最美情。

花开花落四季转，
岁月无声似水流。
心有桃源追梦想，
何处都是水云间。
枝头绽蕊傲风寒，
不与群芳秀美颜。

人生快意精神壮，
咬定青山不放松。
千磨万击还坚劲，
褪去浮躁渐成熟。
时不我待思进取，
珍惜当下少遗憾。

青春年少不努力，
风烛残年徒伤悲。
人生花甲豪情注，
续酒添词奏雅琴。
不羡月明达万里，
珍惜当下创未来。

做事六利

岁月如梭光阴贵,
只有今世无来生。
失掉诚信无尊严,
奋斗攀高见云霞。
练就一身硬本领,
方能逾越尘上嚣。
稳健做事利个人,
人生路上不止步。

孤舟难挡千层浪,
滴水无为让海深。
一花独放不是春,
万紫千红春满园。
孤军作战难持久,
同舟共济创未来。

团结做事利集体,
汇成星河放光明。

恩师培育我成才,
献身社会为他人。
化为泥土碾作尘,
孕育桃李一生情。
甘为人梯终不悔,
抱负使命定凯归。
大气做事利社会,
努力奉献为人民。

红色旗帜展初心,
解放思想开天地。
一心为民人心暖,
服务人民世无双。
阳光普照万物翠,
民族振兴领袖魂。
创新做事利人民,
党的宗旨记心间。

魅力似锦耀中华，
民族交融万里霞。
各族同胞思报国，
同心聚力耀古今。
各族人民一家亲，
同根同祖华夏情。
激情做事利民族，
赤胆忠心真英豪。

少年立志勤钻研，
矢志不渝成栋梁。
上天揽月攀高峰，
下海捉鳖创神奇。
愿得此身长报国，
何须生入玉门关。
此身做事利国家，
携手共进强中华。

成人的含义是奋斗

十八岁,
十八而至,
这是梦想的起步,
这是青春的盛宴,
这是人生一个关键的转折,
更是站在新时代的起点。
往日同学烂漫的欢笑常绕耳边,
父母无微不至的关爱滋润心田,
老师亲切的叮咛温暖无边,
朋友热情的拥抱真诚相伴,
终将成就你流光溢彩的传奇。

十八岁,我们最想说的是感恩,
感恩父母含辛茹苦的养育,
感恩老师一丝不苟的教诲,

感恩朋友真挚无私的陪伴,
感恩北实①魅力教育的引航。

我们也许还不习惯,
从风平浪静的港湾扬帆起航,
也曾害怕越长大越孤单,
也许我们期待已久,
默数着生命的年轮何时转圈。

从今天起,
告别昨天,
带着勇气与信念,
去承受一阵飞沙走石的狂风,
去迎接一场电闪雷鸣的骤雨。

青春的风景独一无二,
我们的魅力北实百年名校,
用她的美丽、大气与睿智,
为我们十八岁的青春,
留下了浓墨重彩的一笔。

---

① 北实:北京实验学校(海淀)。

昨日，父母是我们的港湾，
明天，我们将是亲人的航班；
昨日，老师是我们的双臂，
明天，我们将是老师的翅膀；
昨日，祖国是我们的土壤，
明天，我们将是祖国的栋梁！

向着青春的制高点攀登，
向着理想的最巅峰飞翔，
向着斑斓的梦想远航，
向着十八岁的青春宣告：
我们来了，
正向新时代的最光亮前行！

今天的仪式，
还有特别的意义，
再过九十天，
你们将接受第一次人生大考——高考，
高考是时代给予我们的厚赐。
只有经历过高考的人，
十八岁的阅历才会丰富，

十八岁的色彩才会飞扬,
十八岁的笑容才会绚烂。

圆梦今年高考,
誓教青春无悔,
送父母一个惊喜,
赠母校一份厚礼,
实现人生一次最有价值的飞跃。

此时此刻,
作为校长和老师,
我诚心地告诉你们:
成人的真正涵义,
是奋斗,是奉献,
是超越,更是责任,
期待你们为自己人生的成长
添上无比辉煌的一笔!

青春的密码：多彩、奋斗与希望

青春是天蓝色的，
像碧霄万里的晴空；
似迷人无疆的海洋，
深邃辽阔，
展现不尽的沧桑，
让生命更加闪耀。

青春是黛绿色的，
像青翠欲滴的山竹；
又似茫茫无际的草原，
嗒嗒的马蹄声，
摇一簇阳春的新叶，
拍一片百花的温柔，
充满无限生机和活力。

青春是深红色的，
像熊熊燃烧的火焰；
恰似蒸蒸日上的骄阳，
将火热的青春点燃
把少年的意志炼成钢铁，
闪亮无私的温暖和奉献。

青春是白色的，
如云似月，似雪如浪
云的留痕，浪的流波；
犹比一张纯洁清新的宣纸，
喜写如诗如词的文字，
爱绘最新最美的图画。

青春是无色的，
像季风变幻无穷；
像云雾艳丽迷人，
在最曼妙的时刻，
放纵它，饮恨终身；
善驭它，长风破浪。

青春是彩色的,
你拥有它,
便成就七彩人生。
岁月一如既往,
歌声依然悠扬,
让我们真诚地珍惜,
让青春之花多彩绽放。

我们用青春的名义宣誓,
用智慧培育理想,
用汗水浇灌希望。
不作无益的彷徨,
不作懦弱的退缩,
让情思在蓝天上绽放,
让力行在澎湃中放歌。

不辜负父母的厚望,
不辜负恩师的叮咛,
不辜负青春的理想,
不辜负亲朋的期盼。
不负历史,不负时代,
不负北实魅力教育的引领。

从今以后,
面对难题,
我们沉着冷静;
面对挑战,
我们勇往直前;
为了理想,
我们坚持不懈。

带着从容的微笑,
再奋斗九十天,
赢来志在必得的辉煌。
为百年名校献一份厚礼,
让魅力教育在六月闪光,
让青春之梦在世界飞翔。

青春是短暂的,
更是美好的,
青春的密码是多彩,
青春的密码是奋斗,
青春的密码是责任,
青春的密码是奉献,
青春的密码是希望!

致敬最美劳动者

四月的芳菲未尽,
灿烂的五月踏歌而来。
1886年5月1日,
在那个流血斗争的年代,
一群辛勤劳作的人,
为了劳动者的权益,
示威游行集会,
争取合法权益,
就有了全世界无产者,
永远难以忘怀的节日,
"五一"国际劳动节。

致敬最美劳动者,
你是吹绿山野的春风,
你是振兴乡村的种子,

你是青藏高原的脊梁，
你是塔克拉玛干沙漠的宝藏，
你是中国人民筑梦太空的勇者，
你成就了共和国崛起的"复兴梦"。

在东海之滨，
在西部荒原，
在南沙群岛，
在北国边陲，
在天涯海角，
在工厂农村，
在学校医院，
在世间每一个地方，
都根植劳动者的理想信念。
无论在什么岗位，
无论是多么平凡，
弘扬劳动精神，
用劳动创造幸福的生活。

春风拂过，
雨露滋润，
花开如约。

带来春播的佳音，
捎去夏耘的希望，
充满金秋的诗情，
点染隆冬的画意，
收获丰硕的果实。
阳光间跳跃的音符，
奏出劳动者最美的歌。

辛勤劳动，
诚实劳动，
创造劳动，
尊重劳动，
崇尚劳动。
弘扬劳动精神，
劳动最美丽，
劳动最快乐，
劳动最幸福，
劳动最崇高，
劳动最伟大。

劳动是一种美德，
培养孩子从小热爱劳动。

学会劳动，
善于劳动；
学会生存，
学会发展，
创造性去劳动。
以劳立德，
以劳育智，
以劳健体，
以劳益美，
以劳创新。
立足新时代发展，
注重劳动教育。
通过创新劳动，
创造美好未来。

劳动教育，
注重引领，
深悟教本，
创新操作，
多元评价，
特色实践。
提升学生适应能力，

促进学生健康成长,
培育学生进取精神。

以劳动提升自我;
以劳动热爱人民;
以劳动忠于祖国;
以劳动托起中国梦!
劳动最光荣,
致敬最美劳动者!

走好自己人生路

漂摇于尘世,
忙碌于生活。
悲喜没有退路,
爱恨没有回程,
选好自己要走的路,
走好自己人生的路。

开路寻高人,
引路需贵人,
走路靠自己。
成长靠学习,
成才靠坚毅,
成就靠团队。
人生的奔跑,

不在于瞬间的爆发,
而在于途中的坚持。

即使有点儿疲惫,
也不要轻易停下脚步。
因为我们放弃的,
不只是成就事业的机会,
更是一份担当、使命和梦想!
每天送给自己最好的礼物,
就是学会尊重、感恩与自我鼓励!

路尽时,
及时拐弯,
就会豁然开朗;
平淡时,
聚集能量,
定有精彩呈现。

风雨人生,
酸甜苦辣,
历经体验。
痛如钙,

能让我们坚强挺立；
苦如药，
能让我们勇敢支撑！

人生之路，
有甜美，
也有苦难；
生活给予你的，
有精彩，
更有平淡。

当你身处顺境，
切记低调谦卑，
不要故步自封；
当你身处逆境，
不要轻言放弃，
真正的强者，
善于从逆境中找到光亮。

智慧的人，
不踌躇于过去；

聪明的人,
珍惜今天时光;
豁达的人,
不忧虑于未来。

生活,
是一道多解的题,
每个人都有自己的答案;
生活,
是一首幽远的诗,
每个人都有自己的情怀;
生活,
是一杯香醇的茶,
每个人都有自己的品位。

人生的路,
难与易都要走;
世间的情,
冷与暖都会有。
别说苦,
难以有人替你品尝;

别言累,
难以有人替你分担;
别脆弱,
难以有人替你坚强。

人生路上需清醒,
理性思考把方向。
走得再远,
都别忘记来时的路。
笑看人生起起落落,
珍惜每一个踏过的脚印,
在无尽的岁月长河中,
淡泊平和心自安。
做最真的自己,
走好自己的人生路,
向着梦想再出发。

向阳生

阳光雨露禾苗壮,
大好河山物产丰。
万物生长靠太阳,
人生之树需营养。
梦绕花季经多舛,
雕琢青春历苦辛。
温室娇养多怯懦,
青松昂首向阳生。

骄阳酷暑蓄生机,
沐炎滋生化神奇。
禾苗出土藏蛙栖,
稻稼成茵遮鹭鸶。
瓜田笼罩连天绿,
果垂枝头蒂落时。

秋风习习梦中袭,
祖国日日气象新。

阳光照耀人心暖,
欢声笑语齐荡漾。
和煦春晖尽流淌,
大地披上丽霓裳。
鸟儿枝头展歌喉,
欢悦童年尽情享。
沐浴阳光乐成长,
璀璨花朵闪光芒。

甘洒热血出山乡。
敬业教坛数旬忙。
万千桃李潜心育,
中华大地竟芬芳。
年近花甲激情涌,
魅力教育谱新章。
笃行致远强雁翅,
鞠躬尽瘁献中华。

国强惊世凯歌奏，
民富心润喜事频。
红旗招展如画美，
领袖为民似娘亲。
万丈光芒百姓暖，
神州锦绣报党恩。

登高望远

登高望远任眼眺,
一望无际报春寒。
炊烟送走高飞雁,
落日飞霞灵山峭。
眺望城乡皆丽色,
山登绝顶我占鳌。

山顶暗藏不同景,
登高带来不同情。
忘掉置身风雨雪,
点燃自我炽热心。
异常突变忘伤感,
心底永葆赤子情。

追寻发展不停步,
登高才能道路宽。
超越自我需突破,
登高才会智慧闯。
勇往直前不懈怠,
阔步迈向新时代。

登高望远办学校,
心无旁骛育人才。
创新改革勤实践,
勇于探索寻真谛。
强我祖国担使命,
推广迁移重情怀。

民族复兴强国梦,
弦歌不辍薪火传。
栉风沐雨秉初心,
魅力教育一路行。
踔厉奋发青衿志,
拼搏奉献创辉煌。

不忘初心做先生,
激情创造谱新篇。
游刃有余登高处,
春风化雨润无声。
泱泱中华五千年,
雄狮已醒巨龙腾。

激情永远

是谁点燃了我们的激情？
让我们神采飞扬，
催我们英姿飒爽，
令我们如痴如醉。

那是心中美丽的梦想吗？
是的，一定是的！
梦想点燃奋斗的激情。
这激情将孤单和寂寞赶跑，
让生命之火熊熊燃烧。
这激情将矛盾和芥蒂融化，
唤醒起时代的责任与担当！

烦躁和幻想给激情让路，
焦虑悲伤化喜悦传四方。

希望在持续奋斗中激荡,
生命意义在激情中闪光。

激情是朝阳喷薄万丈光芒,
温暖光明让我们心旌摇荡。
激情是岩浆奔涌不可阻挡,
摧枯拉朽令我们气宇轩昂。

激情是动力的绽放。
探险孤峰解奥秘,
寻奇暗洞释疑难。
剑指苍穹成功日,
问鼎宇宙解惑中。

激情是道德的升华。
善心让人类温暖,
担当让魔鬼无踪,
礼让叫恶斗消失,
和谐创世界美好。

心潮澎湃激情似海,
勤奋努力创造未来。

志存高远携手并进，
放声歌唱辉煌时代。

感恩的心在涌动，
幸福的泉在奔腾。
路上精彩正绽放，
胜利曙光在前方！

激情永远，
信念坚定，
勇敢果毅，
自律铿锵，
胸怀博大，
聚力同行，
一路芬芳。

不负此生

春天里忆江南,
梦想无法忘怀。
铮铮誓言拳拳初心,
誓行合一不辱使命。

山感动了,
才有幽谷回响;
水震撼了,
才有奔腾不息。
不忘初心,
何惧风云突变;
卧薪尝胆,
坚信脚比路长。
让梦里蓝图筑一生幸福桥梁,
祝美好愿景谱生命魅力风光。

当我们越走越远,
是否还能记得,
当初为何出发?
一个人真正的成熟,
不是沧桑的外表和虚伪的行为,
而是在纷纷扰扰的生活中,
仍旧能给自己的心灵留一片净土。
虽千帆过尽,
却初心不改。
知世故而不世故,
才能永葆最善洁的自我。

有过迷茫,
有过彷徨,
但必须一身坚强,
勇敢地跨过去,
把困难踩在脚下。
有些事不要背着不放,
学会换个角度看过去,
就能开阔你的视野,
看到它积极的一面,
你会发现阳光依旧灿烂。

依心而行,
不违本心。
不需讨好别人,
不要模仿别人,
守住自己节奏,
忠于内心声音。
无论顺境逆境,
都能活得激扬愉悦。
为实现价值而活,
虽不是大富大贵,
但昂扬奋进的状态,
却在诠释生命的安心与美好。

让稳定的心,
去应对无常的生活。
物有本末,
事有终始。
推本溯源,
去粗取精。
返璞归真,
力学笃行。
自强不息,
一往无前。

只要有一抹微光,
就要让人生绽放出鲜花;
只要有一段情谊,
就要视为生命永恒的珍宝;
只要有一片相思,
就甘愿化为飘零人间的落叶。
勇敢是一种人生的品格,
也是灵魂不屈不灭的火种。
必须拾起这个火种,
点亮心中沉睡的梦想,
矢志不渝去追寻。

万物需要阳光,
生活需要方向。
不执着于过去,
不踌躇于未来。
怀一份感恩,
让过去的过去。
握一份懂得,
过好当下的生活。
唯愿善良而自带光芒,
唯愿温和亦不失力量。

我坚信,
越努力越幸运。
愿我们,
为热爱而活,
为诗和远方而活。
用拼搏和奉献,
活成自己喜欢的样子。
不负时光,
不负初心,
不负此生。

六

教育篇

教育是一首诗,
在坚守中充满激情创造,
在如沐春风的课堂里,
有永恒灿烂的微笑。

六一畅想

六一的朝阳,
为何这般灿烂;
六一的鲜花,
为何这样芬芳;
六一的红领巾,
为何那样鲜艳;
六一的活动,
为何那么有趣;
六一的故事,
又为何如此动听!

新时代的少年,
今天是国际儿童节!
属于你们的佳节!
也是所有人的节日!

让我们向辛勤工作的园丁，
表示深深的谢忱！
让纯洁的白鸽捎上良祝，
飞向世界各地，
飞向未来时空，
蓬勃这美丽的童年。

童年是一首清新的诗歌，
把日子谱成一串串音符，
在眉宇间跳跃；
童年是一幅缤纷的画卷，
把时光绘成美好的青春年华，
在心灵里徜徉；
童年是一束束稻穗，
把岁月流成金色的波浪，
闪耀灿烂的光芒，
亮丽你的前程。

童年是一生最美妙的阶段，
春天是你的希望，
藏在绿叶彩蝶之间；
夏天是你的茂盛，
洋溢浅红的微笑；

秋天是你的繁华,
闪烁永恒的芬芳;
冬天是你的摇篮,
孕育新的希望。
今天,你是出巢的小鸟,
明天,你将展翅飞翔;
今天,你是含苞的花蕾,
明天,你将姹紫嫣红;
今天,你是初长的禾苗,
明天,你将是栋梁。

六一儿童节,
你是人类初始的节日,
你是社会最早的启蒙,
你是五彩斑斓的梦想,
你是世界珍贵的资源,
你是母亲永久的期盼,
更是祖国强大的希望。

年少宏图远,
人小志气高。
明亮的教室里,
汲取着知识的营养;

热闹的操场上，
放飞着童年的纯真；
奇异的网络中，
苦练着科技的本领。
爱劳动，
爱科学，
好好学习，
立壮志凌云；
天天向上，
做民族脊梁。
跨越千山万水，
让你和星星一起飞翔，
蓬勃着晶莹的未来。

山，再高，
遮挡不住你飞跃的雄心；
路，再远，
阻碍不了你奋进的斗志。
揽一束明媚的阳光，
携一缕笛声的悠扬，
缤纷少年的情思，
荡漾心仪的风帆，
让欢愉的心意张扬，

让节日的快乐奔放。
面对困难，
无所畏惧，
面对挑战，
充满自信。
深深祝福你，
新时代的少年儿童！

感恩百年名校的培养，
感恩魅力教育的引领，
感恩伟大祖国的召唤，
新时代的魅力少年，
你是共产主义的接班人！
胸怀祖国，
放眼世界，
星星火炬，
代代相传！

七七事变感怀

八十六前的今天，
岂能忘，
1937年7月7日，
那个月黑风高的夜晚，
一声罪恶的枪响划破夜空，
击碎了乾隆帝手书的卢沟御碑，
惊散了永定河的雪月风花。

中华民族受屈辱，
多少同胞蒙冤亡，
屠城掠地东三省，
马踏华北究可哀。
国破山河在，
城春草木深，
领土愤沦丧。

飞电传羽檄,
疾风吹狼烟,
抗日救国动九垓。

七七烽火连天,
巨龙长啸横眉,
民族临危际,
万众呼抗日,
九州怒火燃,
义勇亮吴钩。
黄河咆哮,
醒狮长吼,
神州亮剑,
游击战争震敌胆,
青纱地道把敌埋。
平型关前挫其锐,
百团大战歼敌焰。
壮士为国身赴死,
英雄血洒保家乡,
人民战争显伟力,
终将倭寇灭顶灾。

十四年浴血奋战,
复我神州举国欢。

桑干河畔,
涛声依旧;
宛平城外,
警钟长鸣。
时光荏苒逝,
转瞬近百年,
国耻心中藏。
无数悲壮的故事,
惊天地,
泣鬼神,
痛定思痛,
国人顿悟,
落后就要挨打!

远去硝烟烟未尽,
国耻牢记不敢忘。
缅怀历史祭先贤,
忠肝义胆保家乡。

巩固国防固边关,
不教外敌再窥探。
若为家国史,
吾辈当自强。

新时代的中华儿女,
已从站起来,
到富起来,
再到强起来。
人民有信仰,
国家有力量,
民族有希望。
百年梦,
复兴路,
尚追求。
铭记外侮,
吾辈未雨必绸缪。

固我长城万里,
护卫和平世界,
赢得乾坤朗,

晓月照卢沟,
奋进新征程,
建功新时代,
贯彻二十大精神,
彰显新气象,
瞻念英魂树伟岸,
百年史鉴谱华章。

癸卯中秋夜吟

（一）

古来佳节是中秋，
景逢良辰三五夕。
蟾宫开镜嫦娥舞，
明月高悬玉兔行。
初惊桂子从天落，
不负今宵九珠盘。
关河万里同皎洁，
四海共欢此夜情。

（二）

琼楼玉宇不胜秋，
把酒临风丰泽优。
吴刚伐桂遥相许，

来年春风月清圆。
万籁声沉连银汉,
秋香吹湿露华浓,
千里放开天地景,
一轮题尽古今诗。

(三)
一片瑶光万里开,
云头放出月仙来。
寻常明月不易见,
嫦娥驾玉云中回。
杭城亚运天上景,
登临何处不瑶台。
中秋此夜光华盛,
民族精神永风采。

国庆抒怀

（一）

丰功炳史盛世年，
万民乐庆月华天，
核心引领旌旗猎，
伟业开创勇向前。
不忘初心怀大志，
担当使命志更坚，
中国特色开玉宇，
刷新中华复兴篇。

（二）

四海同心东风劲，
举世欢歌瑞气延，
航母蛟龙巡沧海，
神舟北斗探云天。

百年奋斗开新局,
守正创新永无前,
云帆竟挂鹏程远,
筑梦康庄越千年。

（三）
金秋十月迎国庆,
江山伟岸凯歌扬。
捷报声声催战鼓,
钢铁长城护宇疆。
国富民殷辉煌路,
中华崛起浩荡诗,
奋进特色新时代,
祝颂神州万代昌。

教育人的清醒、坦诚、聪明、智慧

能看到未来教育发展的走向,是清;
能看到今天自身教育的问题,是醒。
能反思今天教育的真实问题,是坦;
能推进在教育反思上的创新,是诚。
能科学总结自身教育的优势,是聪;
能敏感发现别人教育的优势,是明。
能学习借鉴别人的成功经验,是智;
能用别人的优点促自身发展,是慧。

能科学做好谋划牵手走向未来,是清;
能把握先进理念走好今天之路,是醒。
能基于问题解决促其快速成长,是坦;
能勇毅前行不断实现自我突破,是诚。
能为每个孩子提供高质的教育,是聪;

能对照时代先锋看到自身差距,是明。
能认真品读名著吸收名家思想,是智;
能汇聚力量挖掘能量创建品牌,是慧。

清醒坦诚是今天做教育者之必须;
聪明智慧是实现立德树人之必须。
当自强的教育工作者,
要努力探索未来教育,
在反思与创新中前行,
共创教育的美好未来!

教师的感言

不仅是职业,
也不仅是事业,
更是生命的历程;
不仅是责任,
也不仅是坚守,
更是品质的锤炼;
不仅是细腻,
也不仅是大爱,
更是灵魂的净化;
不仅是探索,
也不仅是创造,
更是精神的升华;
不仅是坚持,
也不仅是果毅,

更是天下的情怀；
不仅是付出，
也不仅是奉献，
同时也是在获取。

自身的成长，
专业的发展，
成功的愉悦，
人生的幸福。

因为有你

父母说,
你们是他们心中的明月,
守望你们健康快乐成长;
老师说,
你们是他们人生的骄傲,
期望你们成为祖国栋梁;
伟人说,
你们是早晨八九点钟的太阳,
渴望给世界带来光明与力量。

因为有你,
我们也年轻;
因为有你,
我们拥有梦想;
因为有你,

我们展现着非凡激情；

因为有你，

我们释放着无限潜能；

因为有你，

我们不断超越着自我；

因为有你，

我们懂得奋进的意义。

因为有你，

我们的内心就像一个花园；

因为有你，

我们的每一天都走过最美的花季；

因为有你，

我们的内心春风洋溢；

因为有你，

我们在美丽的春天播下种子；

因为有你，

我们必在夏天收获累累果实。

不管什么时候，

都希望你们以健康的身心为先；

不管什么时候，

都希望你们与美好的情感为友；

不管什么时候，

都希望你们以高尚的心灵为师；

不管什么时候，

都希望你们以人民的利益为重；

不管什么时候，

都希望你们以祖国的强大为荣。

心中有一片海

心中有一片海,
那里有春花、夏日、秋月、冬雪;
心中有一片海,
那里有博大、深邃、壮阔、憧憬。
我只愿面朝大海,
春暖花开。

我爱大海的涟漪,
愉悦眼眸、净化灵魂;
我爱大海的浩瀚,
水天一色、一望无际;
我爱大海的涛声,
雄浑跌宕、奔腾不息。
我爱朝阳照亮您微笑的脸庞;
我爱霞光染红您飘动的衣襟。

大海啊,大海!
您是人类的母亲,
我为您放声歌唱!

心中有一片海,
闪烁着耀眼的银光。
神奇而光怪陆离的宝藏,
是人类精神的无限财富。
大海呀,大海!
您胸襟坦荡、眼界开阔,
您羽翼丰满、强劲有力,
能抵御一切风浪的侵扰。
溅起的浪花是坚韧的信念,
波涛汹涌孕育不屈的精神。

心中有一片海,
生活便有一份心态,
宽广、包容、善良;
心田如海一样大,
苦难便微不足道。
纵有再多艰险,

也能融入心海,
不惊起一丝波澜。

心中有一片海,
闪耀成熟自信的光芒,
深厚、稳重、优雅,
一言一行舒适自在,
如海风习习、温润清雅。

渴望心中有这样一片海,
让愚钝的自己,
走出困惑、走出雾霾,
走进刚健、走进柔和,
既有大海的遒劲有力,
又有小溪的柔情蜜意。

心中有一片海,
讴歌教育故事,
探索教育规律;
坚韧坚持,
坚定坚决,

拼搏奉献，
创新创造，
雕琢属于自己的模样。

个体虽然渺小，
却是独一无二；
寡言并非无知，
内心蕴藏乾坤；
勇者从不退缩，
到中流击水，
浪遏飞舟，
释放无限能量。

心中有一片海，
无论碧波粼粼，
无论潮起潮落，
无论波峰涛谷，
无论惊涛骇浪，
都将成为我生命澎湃的力量！

致教师节

回眸走过的教育生涯,
1985 年 7 月开始追梦,
与光荣的教师节同载,
三十八年弹指一挥间,
融进灵魂里的满是爱。
尊敬的人民教师,
你是春天花圃里的园丁,
你是夏天骄阳下的荫凉,
你是秋天绿叶上的清香,
你是冬天严寒中的暖阳;
你是人类文明的传承者,
你是民族精神的守护神。

有人说你是太阳,
温暖了学生的心灵;

有人说你是海洋,
期待学生是最美的浪花;
有人说你是灯塔,
照亮学生前行的道路;
有人说你是路标,
指引学生迈向成功的彼岸。

你的目光,
滋养了生命的青翠与芬芳;
你的叮咛,
温暖了学生的心灵与志向;
你的课堂,
种下了学生的欢乐与理想;
你的形象,
刻上了四季的奉献与风霜。

你是"四个引路人",
注重"三全"育人。
你在"六个方面下功夫",
以昂扬向上的精神风貌,
以诲人不倦的教育激情,
培育担负民族大任的时代新人。

教诲如春风，
师恩似海深，
丹心映日月，
清晖遍四方；
一生坚守，
桃李满天下，
经年累月，
师爱满人间；
加减乘除，
算不尽无私奉献，
诗词歌赋，
颂不完心中敬意。

在这教师和中秋融合的特殊节日，
由衷地祝福您：
健康平安，
事业有成，
永远幸福！

孩子啊，你别怕！

孩子啊，你别怕！
躺在父母怀抱中，
美好童年乐无忧。
谆谆教诲伴成长，
生活智慧记心间。
鲜花感恩雨露情，
鱼知水恩幸福泉。

孩子啊，你别怕！
为了实现强国梦，
爸妈忙碌在远方。
道路曲折荆棘布，
拼搏奉献不动摇。

无怨无悔献青春,
永远爱你在心上。

孩子啊,你别怕!
同在一片蓝天下,
共享读书好时光。
均衡优质促成长,
健康阳光励志向。
五育并举齐发展,
提升素养强未来。

孩子啊,你别怕!
寒冬退去阳光暖,
欢声笑语满校园。
恩师掬取智慧水,
洒向人间育新苗。
愿你勇敢去攀岩,
脚下积翠如云天。

孩子啊,你别怕!
走在人生选择点,

老师指引你方向。
拾掇生活的苦痛,
理顺学习的对错。
激扬奋斗的芳华,
折桂六月的鲜花。

孩子啊,你别怕!
行到山穷非末路,
坐望水尽有江滩。
天生我材必有用,
脚踏实地从头来。
成功未必科班出,
终身学习赢未来。

孩子啊,你别怕!
如果你是一棵小草,
就给人间增添一分春色;
如果你是一朵鲜花,
就给人们增添一分温馨;
如果你是一只蜜蜂,
就给人们酿造一分甜蜜;

如果你是一棵大树,
就给人们洒下一片绿荫;
如果你是一只雄鹰,
就要在蓝天下翱翔万里。

孩子啊,你别怕!
雷声滚滚闪电急,
乌云翻卷星光暗。
炸雷撕裂云层开,
暴雨欢笑水花舞。
中华少年意志坚,
雄心壮志振苍穹,
展翅飞翔傲天宇,
劈风斩浪写人生!

师魂颂

几载春秋孕雄才,
踔厉奋发强中华;
育人有路勤为径,
学海无涯乐做舟。

雨打银杏片片翠,
滴滴滋养成绿荫;
蜡烛点燃春风暖,
师爱流淌驻心田。

荷叶随风涌碧波,
昂扬向上胜春潮;
花开学子追思舞,
莺歌恩师忆曲飘。

少年自有凌云志，
鲲鹏展翅上九霄；
广阔无垠江山美，
怀瑾握瑜竞风流。

相聚三载爱无疆，
今朝把酒话离愁；
天空海阔任鸟飞，
师生情谊永相随。

心有阳光育栋梁

回味过往恋时光,
漫步人生太匆忙。
有意吟诗添雅趣,
驰风骋雨洗苍穹。
贤德鸿儒迁广厦,
良才墨客育新人。

走过小巷回首望,
绵延细道情悠长。
酸甜苦辣甘如饴,
留下文字已泛黄。
黑发积霜织日月,
粉笔无言写春秋。

人生岁月常遇见，
缘聚缘散情意长。
鸟语惊空悦耳鸣，
山间溪水流淙淙。
漫步林荫赏风光，
蝶飞蜂舞透花香。

暖对学子倾智慧，
乐为才俊引方向。
跻身塑造灵魂业，
果毅前行当自强。
七彩云霞汇天际，
千园桃李尽芬芳。

激情自燃洒阳光，
含苞待放分外香。
雨露滋润禾苗壮，
辛勤浇灌自信扬。
壮志凌云追理想，
呕心沥血铸辉煌。

善于反思探真谛，
崇高事业润心房。
广闻求鉴深修识，
旷达通明博学贤。
重塑自我勇攀登，
心有阳光育栋梁。

师爱

师爱如朵朵浪花,
让小鱼儿感受海的伟大;
师爱如绵绵春雨,
滋润着大地让小树发芽;
师爱如点点繁星,
把爱洒满每个孩子心田。

师爱像滴滴甘露,
让枯萎的心灵苏醒;
师爱像和煦春风,
让冰冻的感情融化;
师爱像闪亮的明灯,
照亮孩子扬帆起航的路。

师爱如春光明媚,
春暖花开;
师爱如夏日阳光,
闪耀大地;
师爱如秋高气爽,
五谷丰登;
师爱如冬日暖阳,
冰雪消融。

我心中有一片海,
无论沧海桑田,
依然波澜不惊。
孩子是一叶叶小舟,
在我温暖的怀抱里,
尽情荡起双桨。

我心中有一片天空,
无论春夏秋冬,
依然碧空如洗。
孩子是一只只雏鹰,

在我的云淡风轻间,

尽情愉悦飞翔。

我心中有一片森林

任凭风吹雨打,

依然繁茂苍翠。

孩子偶尔是疲倦的小鸟,

飞上我的枝头,

尽情栖息静养。

我心中有一座高山,

无论冰天雪地,

依然巍峨耸立。

孩子是一朵朵含苞的花,

在我深情的土地上,

尽情吐露芬芳。

如果我是一滴水,

一定要滋润一寸土地;

如果我是一束阳光,

一定要照亮一片黑暗；

如果我是一颗小小的螺丝钉，

一定要深爱我工作的岗位。

师爱是神圣的，

师爱是博大的。

关爱孩子成长，

就是关注人类的共同命运。

对孩子友好，

才会让人类美好，

才会让人类的未来更美好！

我们曾经都是孩子，

孩子也都终将成为我们。

只有当我们意识到，

每个孩子都和我们的命运休戚与共时，

都和我们的未来息息相关时，

我们才能走向命运与共的和谐世界。

爱生是我们的职责，

敬业是我们的本分，

奉献是我们的品质，

育人是我们的信仰。

让我们热情牵起孩子的手吧，

不让任何一个孩子掉队，

共创人类更灿烂的明天！

让教育生动有趣

培英育才做教育,
追寻崇高境界佳。
含辛茹苦数十载,
桃李芬芳情绵长。
激发兴趣为良策,
生机盎然利专注。
专心致志勤笃学,
乐学善思定超越。

课堂教学主阵地,
学科育人重设计。
教师激情展魅力,
诙谐灵动现活力。
情感态度显价值,
课堂生动又充实。

学生向往热情扬,
激发理想励斗志。

有趣乐趣到志趣,
关键吸引注意力。
无意注意在幼年,
有意注意不完善。
情绪色彩较凸显,
好奇新奇能吸引。
树立榜样励志向,
互帮互学促成长。

身为老师和父母,
立德修身做示范。
读懂孩子需尊重,
成长空间有自由。
读懂孩子需信任,
自己动手把事做。
成长规律需探究,
生机勃勃添魅力。

课堂引进高科技，
方便快捷师生乐。
广泛运用新技术，
魅力课堂更活泼。
情境创设入生活，
妙趣横生情意浓。
碰撞思维来互动，
交流擦出新火花。

图画音乐配朗诵，
表演影视更生动。
问题驱动激潜力，
发现志趣寻规律。
故事鲜活添趣味，
观点新潮多激励。
发现孩子兴趣点，
尊重培育促发展。

好奇激发内动力，
思维雕琢生智慧。
实践习得获成就，
爱好提升成乐趣。

收获持久心情悦，
兴趣发展成志趣。
梦想激发坚毅力，
自觉自律成基石。

生机盎然魅力园，
灵魂浸染书香气。
孩子向往心眷恋，
教师幸福勤耕耘。
诗心勇敢创未来，
匠心修炼自升华。
教育生动又有趣，
用心领略去创造。

水流越山过洼地，
绵长激荡壮丽景。
珠峰高耸入云端，
无惧挑战勇攀登。
敢于超越有魅力，
锐意改革显活力。
从容优雅迎考验，
勇立潮头谱新篇。

培根铸魂育新人

杏坛敬业勇担当,
严谨治学育桃李。
师生牵手情义暖,
自主研讨促发展。
精心浇灌花儿艳,
辛勤耕耘结硕果。
人才辈出家国盛,
书写传奇永流芳。

传道乐守方寸间,
释疑解惑满腔情。
鹤发童颜伴日月,
披肝沥胆赤诚心。
功名利禄身外物,
甘为人梯献终身。

凝心聚力蓄能量，
携手同行共成长。

潜心钻研无止境，
勇于创新克难关。
学海无涯勤可渡，
书山万仞志能攀。
此生无悔做教育，
唯盼鹰隼翱翔空。
培英育才强国梦，
追寻崇高天下情。

承担使命为培根，
传承文化在铸魂。
倾听时代最强音，
争做教育排头兵。
总结反思不止步，
躬身践行成果丰。
立足长远办教育，
因材施教高效能。

驰骋教坛志纵横，
矢志不渝勤耘耕。
一支粉笔舞春秋，

三尺讲台励新人。
课堂探索提素养，
学思践悟促成长。
创新探索春无限，
立德树人再远征。

阳光普照百花艳，
红船领航旗飘扬。
乘风破浪风正劲，
中流砥柱志趣坚。
温润学子倾智血，
成就未来指明灯。
追风侠少今何在，
指点江山看后生。

育人育心育志向，
爱生爱业爱祖国。
笃行致远守初心，
忠诚担当强精神。
志不强者智不达，
言不信者行不果。
春风化雨润桃李，
培根铸魂育新人。

童年

童年,
是一首动听的歌谣,
唱出天真与快乐,
让人如痴如醉。
旋律优美的童谣里,
有孩子们的笑脸,
如春日阳光灿烂明媚,
充满了幸福和温暖。

童年,
是吹来的第一缕春风,
从身边拂过,
沁人心脾,
带来别样的清爽。
那暖暖的春风,

吹绿了田野吹进了心间,
赋予生命能量。

童年,
是那绽放的春花,
迎着东风翩翩起舞,
花枝招展尽情歌唱。
柔柔甜甜的风儿,
带着阵阵芳香,
抚摸孩子们的面庞,
催生向上的力量。

童年,
是快乐的小鸟,
聚在一起,
叽叽喳喳欢呼雀跃。
风儿笑鸟儿叫歌儿俏,
孩子们像出笼的小鸟,
勇往直前,
一起飞向湛蓝的天空。

童年，
是一泓清澈的泉水，
晶莹剔透甘甜爽口，
倒映着孩子们的笑脸。

润泽孩子们的心田。
播撒真善美的种子，
浇灌祖国的花朵，
孕育丰硕的果实。

童年，
是一条潺潺的小溪，
自由的流淌，
不知疲倦。
蹦蹦跳跳汇聚成潭，
鱼儿自由地在水里游弋，
时而跃出水面，
跳起水上芭蕾。

童年，
是一片清亮的湖泊，
明澈见底，

映出太阳的七彩光芒。
湖面上的船桨,
一晃一晃摇出动人的童话。
孩子们欢快地嬉戏,
水波映衬出童年的活力。

童年,
有成长的规律,
拔苗助长,
欲速不达。
尊重规律,
才能夯实根基,
系好人生第一粒扣子,
为幸福人生奠基。

让我们为童年,
构造好"一方池塘",
服务孩子"自然成长";
点燃好"一束火焰",
启迪孩子"自己成长";
敲打好"一块燧石",
引领孩子"自由成长";

推开"一扇大门",
促进孩子"自觉成长"。

让童年的歌声,
嘹亮欢畅;
让童年的舞蹈,
自信悠扬;
让童年的运动,
活力四射;
让童年的舞台,
绚丽多姿;
让童年的生活,
终身难忘。

快乐童年,
唱响了人生的乐章,
滋润心灵健康成长。
美好童年,
宛如五彩缤纷的画卷,
陪伴着守望成长。
多元激励兴趣盎然,
孩子们在知识的海洋里幸福遨游。

教育是幸福的事业

生活就是一种教育,
教育也是一种生活。
生活必须依靠教育,
教育创造新的生活。
教师要智慧的生活,
生活处处彰显幸福。

不是人人都能成功,
但人人都追寻幸福。
孩子生命不可重复,
要给童年留下故事。
为孩子当下的幸福去耕耘,
为孩子未来的幸福去创造。

让我们满面笑容,
让孩子们的生活洒满阳光;
让我们播种幸福,
让孩子们的明天更加绚烂;
让我们把笑容和幸福,
种进孩子们的心窝。

有一种心态叫享受,
学会包容激励才能享受教育;
有一种事业叫执着,
懂得信念坚定才可执着探索;
有一种追求叫幸福,
善于播种快乐才会收获幸福。

一块黑板,
搭建起一座知识的桥梁,
记满了奋斗奉献的真情;
一支粉笔,
描绘着大好河山的美景,
指点着万千世界的迷津;
一根教鞭,
像一条艳丽多姿的彩虹,

架起了通往理想的航程;
三尺讲台,
饱含热忱书写春夏秋冬,
燃烧着我的梦想和激情。
终身从教,
升华着我的爱心和使命,
奔腾着我的理想和幸福。

从弱冠到花甲的大半生,
匆匆走过了几十个春秋。
把每一堂课精彩地演绎,
把每一句话精心地锻造。
用知识插上飞翔的翅膀,
用真理浇灌孩子的心灵。

爱心传播着智慧的火种,
时刻都听到花开的声音。
我从平凡中品味出伟大,
一生的追求一世的挚爱。
数千学子成为祖国脊梁,
幸福的故事永驻在心田。

魅力教育向未来

（一）

魅力教育重良才，
春风化雨擂贤台。
专家引鼓两耳暖，
慕课深磨慧门开。
多元合作腾细浪，
众创教研乐思怀。
激情创建引力场，
万丈豪情报春来。

（二）

基教综改谋先章，
双新双减益家邦。
培根铸魂强思政，
启智润心维国纲。

五育融合筹划定,
百年名校万里扬。
魅力教育出英才,
优秀品牌益四方。

(三)
少年强则国家强,
国富民强方定邦。
学为人师业兴旺,
行为世范勇担当。
三十二年定胜局,
卓越方略福无疆。
改革创新千秋业,
魅力教育向未来。

教育是一首诗

教育是一首诗,
在坚守中去激情创造,
在如沐春风的课堂里,
有永恒灿烂的微笑;

教育是一首诗,
在执着中去奉献大爱,
在天真活泼的童年里,
有细腻温润的真情;

教育是一首诗,
在探索中去迸发力量,
在层峦叠嶂的丛林里,
有坚毅果敢的品行;

教育是一首诗，
在奋斗中去增长智慧，
在天下大同的世界里，
有从容不迫的自信；

教育是一首诗，
在传承中去演绎精彩，
在圣洁无瑕的心灵里，
有无限美好的憧憬！